SOLTEIRA NO RIO DE JANEIRO

SOLTEIRA NO RIO DE JANEIRO

as aventuras de uma gringa cinquentona
na Cidade Maravilhosa

Por Julia Michaels

Tradução de Alex Castro
e Davida Schulz de Castro e Cunha

Grafia atualizada segundo o Acordo Ortográfico da Língua Portuguesa de 1990, em vigor no Brasil desde 2009.

Editor
Hugo Gonçalves

Assistente editorial
Rebeca Fuks

Tradução
Alex Castro e Davida Schulz de Castro e Cunha

Capa
Andrea Vilela

Editoração
Leandro Collares (Selênia Serviços)

CIP-BRASIL. CATALOGAÇÃO-NA-FONTE
SINDICATO NACIONAL DOS EDITORES DE LIVROS, RJ

M569s
Michaels, Julia
Solteira no Rio de Janeiro : as aventuras de uma gringa cinquentona na cidade maravilhosa / Julia Michaels ; tradução Alex Castro e Davida Schulz de Castro e Cunha.
- 1. ed. - Rio de Janeiro : Língua Geral, 2013.
336 p. ; 21 cm. (Alfa livros)

Tradução de: Single in Rio
ISBN 9788560160853

1. Romance americano. I. Cunha, Alex Castro.II. Castro e Cunha, Davida Schulz de
III. Título. IV. Série.

13-02055 CDD: 813
CDU: 821.111(73)-3

12/06/2013 13/06/2013

Língua Geral Livros Ltda.
Rua Marquês de São Vicente, 336
Rio de Janeiro — RJ — 22451-040
Tel.: (21) 2279-6184
Fax: (21) 2279-6151
www.linguageral.com.br

Com amor, para minha irmã Faith, cujo apoio e carinho foram, e são, indispensáveis.

Esta história é verdadeira, apenas mudei os nomes e as características das pessoas que a viveram.

LÁ VAI A NOIVA

Existem duas ruas incomuns no Rio de Janeiro. Uma, de paralelepípedos, sobe de maneira elegante e discreta um dos muitos morros à beira mar da cidade, com vegetação inebriante e úmida, macacos e pássaros. A outra, rua de uma única quadra, também prima em matéria de discrição: em uma de suas extremidades, protegido pela sombra das árvores, fica o mais sofisticado bordel do Rio.

Morei em ambas as ruas. A transição entre uma e outra foi coisa de novela: das alturas de uma mansão de sete quartos e três empregados para as "profundezas" de um dois quartos no coração de Ipanema, com direito a tráfego, sujeira, barulho e, sim, as putas e seus clientes.

Mas não, não estou vendendo sanduíches naturais na praia, como fez Regina Duarte em *Vale Tudo*.

A cidade do Rio também despencou das alturas e das fortunas quando deixou de ser capital, em 1960. Nordestinos e descendentes de escravos fizeram expandir as favelas, lentamente tomadas por traficantes e milicianos. O crime explodiu; todos aqueles que conhecíamos tinham sido assaltados, ou pior, tinham sido assaltados mais de uma vez.

Quando o meu marido e eu nos separamos, em janeiro de 2005, parecia que a cidade nunca iria se recuperar dessa decadência, que os ricos viveriam para sempre atrás das muralhas, protegidos por seguranças, apenas se arriscando a enfrentar o caos urbano quando estritamente necessário. Para os cariocas, palavra que talvez venha dos termos indígenas para "casa" e "homem branco", o Rio estava estagnado para sempre.

Quando fiquei solteira, tinha certeza da necessidade de me recuperar, e que teria que redesenhar a minha vida. Mas não fazia ideia que a minha trajetória seria paralela à da minha cidade adotiva.

Minha intenção original foi escrever a história das aventuras que tive no panorama amoroso dos cariocas, e das diferenças culturais que encontrei. No caminho, eu mudei, e o Rio também.

Em uma das primeiras versões deste livro, ao descrever a emoção de sair na noite carioca sem saber se voltaria viva, usei a metáfora francesa para o orgasmo feminino, *petite mort*, a "pequena morte":

Mesmo se um reconfortante táxi amarelo-e-azul estiver aguardando na porta da quadra de samba, na favela onde você dançou a noite inteira, mesmo que ele consiga te levar de volta para casa às cinco da manhã sem bater, se perder ou lhe roubar, é provável que você abra o jornal na manhã seguinte e experimente o frisson *adicional de saber que a providência poupou você de fenômenos como esses, noticiados em* O Globo, *de 29 de junho de 2008):*

Milícias se espalham pela Zona Sul. (Compostas em grande parte por ex-policiais, as milícias são gangues que, com a ameaça ou o uso da violência, cobram "proteção" de comerciantes — e diversas taxas, de moradores, em áreas de baixa renda.);

Estudante é baleado e morto durante briga na Baronetti, uma boate de classe média alta frequentada por jovens, em Ipanema;

Bandido é julgado e condenado à morte por traficantes cariocas. O pastor evangélico que o encontrou, completamente coberto de fita crepe, convenceu os traficantes a soltá-lo e foi entregá-lo à polícia, que o enviou de volta para a cadeia da qual fugira;

Durante invasão policial em uma favela, criança de seis anos é atingida por bala perdida no degrau na frente de casa. É operada e se encontra em estado grave.

Incrivelmente, essas são notícias de 2008, cinco anos atrás. Não tem sido fácil atualizar o livro: há três anos, tive a felicidade de mudar os tempos verbais e cortar as notícias acima (depois, soubemos da norte-americana estuprada na van, a caminho da Lapa). Na última revisão, ainda senti a necessidade de "furar" o arco narrativo inicialmente traçado, acrescentando algumas informações recentes.

Não fui apenas eu que redescobri a minha essência e me reinventei, trocando uma existência estática pelo movimento, por um processo dinâmico. O Rio, também.

Esse livro narra a minha vida de gringa solteira e cinquentona, entre 2005 e 2009, em uma cidade prestes a passar por uma transformação histórica. Enquanto eu trocava um motorista particular por ônibus, metrô e mototaxis, o Rio foi escolhido para sediar os Jogos Olímpicos de 2016 e parte da Copa do Mundo de 2014, megaeventos que fazem parte de uma reviravolta urbana sem precedentes. Hoje, a cidade atrai administradores e especialistas em urbanismo e segurança pública do mundo todo. Qual é o segredo dos cariocas, querem saber?

Não posso comparar a mudança da minha vida com aquela que vive a Cidade Maravilhosa — marcada, por sinal, por questões mal resolvidas, provenientes de um capitalismo selvagem e de uma democracia imatura —, mas vem sendo um casamento interessante.

Não encontrei o amor da minha vida em forma de ser humano — ainda não. Mas aprendi, como o leitor verá, que o mais importante é ter um norte, um propósito — e o meu é documentar as mudanças que estão acontecendo na cidade no meu blog (www.riorealblog.com), fazer críticas construtivas e apoiar aquilo que julgo positivo, para que as pessoas saibam o que está acontecendo. Chega de decadência.

Que as notícias acima nunca mais apareçam na mídia. O Rio pode, ao mesmo tempo, ser emocionante e seguro, seja para casados ou solteiros.

Sei que o leitor está bem menos interessado em assuntos urbanos do que em assuntos de cama. Sim, há sexo neste livro. Menos do que eu gostaria, mas enfim.

Rio de Janeiro, abril de 2013.

Solteiro no Rio de Janeiro
Parado em qualquer praia
Sou solto em qualquer lugar

Tira a camisa, esse clima tá de abafar
Liberem suas delícias, parado não dá pra ficar
Movimentos circulares, zona sul de bar em bar

São bocas em todo lugar
São bocas em todo lugar

— Da música "Solteiro no Rio de Janeiro", cantada pelo Cidade Negra, letra de Leonardo Henrique Teixeira cedida pela Som Livre.

O HOMEM QUE FALAVA DEMAIS

Contra todas as expectativas do namoro *online* no Brasil, na foto do perfil, Antônio não usava óculos escuros. Além disso, não fingia estar "de bem com a vida". Tampouco disse que queria uma mulher meiga e *sexy*, uma combinação impossível, e muito desejada, de bela com fera. E, atrás dele, na foto, a mobília não era cafona.

Culto e engajado nas realizações e desafios do país, Antônio malhava regularmente, apreciava bons vinhos, gostava de acordar cedo, era dono de um apartamento agradável em um bairro próximo, tinha carro, e sua idade era bem apropriada: sessenta.

Antes de nos encontrarmos pessoalmente, conversei com esse bom partido ao telefone, por mais de uma hora, em um domingo à noite. Fiquei intrigada. Ele falava muito, mas também parecia genuinamente interessado em mim. Nada egocêntrico.

Assim, quando me chamou para sair na quarta-feira seguinte, aceitei. Antes do nosso jantar, em um restaurante italiano que, de fato, servia comida italiana, coisa rara, Antônio ainda se ofereceu para me pegar em casa.

Estava chovendo na quarta; então a carona era tudo o que uma mulher podia querer. Entrei no carro e não consegui parar de sorrir: vestindo um confortável blazer de veludo *cotelet*, ele sorria também, placidamente. E não tinha barriga.

Depois de pedirmos o mesmo prato, massa caseira com alcachofras ao molho branco, ele escolheu um excelente vinho tinto e começou a traçar a sua genealogia familiar tecida com antepassados judeus sefarditas — e eu não consegui tirar o sorriso do rosto um só momento.

Ele falava muito — sobre a sua família, o seu doutorado, as suas viagens, a sua filha já crescida, os seus netos, a sua ex-mulher — mas o que dizia não era chato, e não se esqueceu de me fazer as perguntas ocasionais. Ouvia minhas respostas.

— No mínimo, — comentou — vamos ser bons amigos.

Estranhamente, Antônio parecia não saber respirar durante uma conversa.

Fiquei intrigada, mas sorrindo.

Descobrimos amigos em comum e que até tínhamos nos encontrado antes, quando eu ainda era casada — em um jantar de negócios do meu ex-marido. Antônio se lembrava de mim como uma anfitriã atenciosa. Fiquei feliz que ele ocupasse um ponto na minha constelação de amigos e conhecidos. Afinal, como em qualquer lugar, o importante no Brasil é quem você conhece.

Mais tarde, no carro, em frente ao meu prédio, ele me beijou.

— E, além de tudo, ela beija bem — disse Antônio para um interlocutor invisível. Então se voltou para mim e prometeu manter contato.

E manteve, pela internet: convidou-me para assistir a um filme no domingo seguinte.

— Vou estar de olho em você, e não no filme — escreveu.

Me deliciei. Já fazia cinco anos que estava solteira, desde o fim do meu casamento de vinte e cinco anos. Considerando que o meu marido brasileiro saíra de casa seis semanas após a festa do meu aniversário de cinquenta anos, era maravilhoso imaginar que um homem me achasse atraente.

O filme estava lotado. Como programa alternativo, fomos comer um sanduíche e tomar uma cerveja em um bistrô ali perto. De novo, Antônio falou, dessa vez pintando uma panorama fascinante da política brasileira — cujo segredo, como todo o resto, é quem você conhece.

Na volta ao carro, ele enlaçou minha cintura com o braço. Agilmente, troquei a bolsa de ombro.

— Bom sinal — disse ele para seu interlocutor invisível, e me puxou para mais perto.

— Olha que eu ainda posso te dar com a bolsa na cabeça — respondi, preocupada, como estaria qualquer mulher, que meu ex estivesse por perto e pudesse nos ver.

Em frente ao meu prédio, dentro do carro, nos beijamos de novo, mas dessa vez, eu tinha a certeza de que só havia duas pessoas presentes. Coloquei a mão em sua nuca, algo que só acontece durante um beijo — e fazia séculos que meus dedos não encostavam em uma nuca masculina. Aquela cartilagem paralela e feroz prometia tanto.

— Quando vi sua foto na internet, pensei, "que mulher linda" — sussurrou ele —, "tenho que conhecê-la". — E avançou novamente sobre meus lábios.

— Será que ouso convidá-la para um jantar na minha casa? Gosto de cozinhar.

Será que ouso pensar que encontrei o homem perfeito? Não, peraí: ele falava muito.

— Nenhum homem nunca cozinhou para mim — respondi, sentindo meus ossos derreterem dentro da carne. Marcamos para sexta à noite, pois ele tinha uma corrida no domingo e precisava dormir cedo no sábado. Como eu também corria, entendia perfeitamente — mesmo se na sexta eu chegasse de uma reunião com livreiros em São Paulo, pouco antes do nosso encontro.

Na segunda, entrei na internet, ofereci o meu "Bom dia" e perguntei a Antônio como estava. "Resfriado", disse, mas vinha se cuidando. Ele sabia, explicou, que ficar doente é uma oportunidade para refletir. "Temos até a mesma filosofia de saúde", exclamei silenciosamente para o meu próprio interlocutor invisível.

Apesar da correria da vida de uma editora de não ficção estrangeira, dei um jeito de me depilar. Cinco anos de solteira tinham me ensinado que os homens brasileiros gostam de pele lisinha de bebê. Pela primeira vez na vida, pedi à moça para depilar meus seios. Os cinquenta são aquela idade desengonçada, de pelúcia no peito e o empecilho dos óculos de leitura que não dão conta. Você pode dobrar o pescoço quanto quiser que não vai conseguir enxergar e pinçar.

Entre revisões e contracapas e orelhas, eu ia me animando com o iminente *tête-à-tête*. Na ponte aérea Rio-São Paulo, fiquei saboreando a ideia de um novo admirador, que tinha descoberto em um *site* de relacionamentos promovido no Facebook — ainda que, escaldada por experiências bizarras, tivesse jurado que jamais voltaria a sair com um homem que se anunciasse no mundo virtual.

No hotel, desfiz a mala e, sem sutileza alguma, mandei uma mensagem de texto para o Antônio, avisando que tinha esquecido a camisola.

— Você é uma mulher moderna — ele respondeu.

Claro que na minha fantasia, Antônio pegaria o próximo voo, mas, sim, eu era uma mulher moderna.

Dormi nua e mal. Apresentei os nossos livros novos aos compradores, voltei para o Rio, tomei banho, sequei o cabelo cuidadosamente, escolhi minha melhor calcinha de renda — cor bordô —, me enfiei num jeans apertado e num top regata, e subi num táxi.

Não gosto de dirigir à noite no Rio. Em parte, porque ainda é perigoso. Mas também porque naquela época, junho de 2010, havia operações da Lei Seca por toda a cidade, prontas para apreender carteiras e até carros, caso detectassem o menor vestígio de álcool no bafo.

Saltei do carro e tive um pressentimento. Olhei para cima e lá estava o Antônio, debruçado em sua janela, acenando. Apresentei-me ao porteiro, apertei o botão do elevador e subi os cinco andares, sorrindo.

Na porta, meu novo par se esquivou de me beijar na boca: mas seus lábios não escaparam de minha mira e houve pelo menos um leve encontro.

Pensara que, naquele momento, fora do carro, longe dos olhares intrometidos do porteiro e dos transeuntes, ele iria me puxar e agarrar, naquele que seria o mais erótico dos abraços. Mas havia o jantar para servir. Antônio não era um cozinheiro amador.

Cordeiro assado com batatas *noisette* e molho de menta, salada e um vinho brasileiro tão bom quanto qualquer francês. E, de novo, uma boa conversa — quase toda levada por ele.

— Vamos sentar no sofá — sugeriu, quando terminamos. — Meu terapeuta diz que o terceiro encontro é quando temos que decidir o que queremos da outra pessoa, e eu gostaria de saber quais são as suas expectativas.

Abri a boca para responder, mas a boca de Antônio era sempre mais rápida — para falar, que fique bem entendido.

— Aquela noite, durante o nosso primeiro jantar, disse que seríamos no mínimo grandes amigos. Lembra? Quando fiquei doente no início dessa semana, sabia que era para que pudesse pensar melhor. Você sabe que estou muito envolvido com meu doutorado, certo?

Eu sabia. Esse tinha sido o seu assunto principal durante o jantar, e em todos os encontros anteriores. Na minha opinião, a sua pesquisa — sobre as relações entre os prefeitos e seus eleitorados em algum distante estado brasileiro no contexto do Bolsa Família — era fascinante, relevante e muito necessária.

— Vou ter que viajar muito, sabe — continuou Antônio, e eu concordando com a cabeça. — Tem muita coisa acontecendo na minha vida agora.

— Sim — respondi —, na nossa idade, a vida está muito mais estruturada do que aos vinte anos. Não é fácil se adaptar. Às vezes, olho pro meu armário e penso, onde vou enfiar outra pessoa? Quer dizer, minha vida também está cheia...

— Mas é que — interrompeu ele, antes que eu pudesse fazer um levantamento completo do conteúdo do guarda-roupa — estou apaixonado pelo meu doutorado e não por você.

Meu coração entrou em colapso. Eu entendia muito bem o que Antônio dizia, porém achava que devia haver um jeito. Eu também não estava apaixonada por ele, mas, quer dizer, peralá!

Antônio continuou:

— Tenho certeza de que poderíamos ir para a cama e fazer um sexo fenomenal. Você beija tão bem. Mas acho melhor ficarmos apenas amigos.

Antônio me levou para casa de carro. Na hora das despedidas, trocamos apenas os protocolares dois beijinhos na cara, como as pessoas fazem no Brasil, e ninguém estava lá para testemunhar. Saí do carro, subi no elevador, caí na cama. Quando acordei na manhã seguinte — de camisola — estava furiosa.

— Não quero ser sua amiga — disparei por email.

Então, me sentei em meu próprio sofá e fiquei observando as ondas baterem na praia de Ipanema.

E pensei: quando Antônio confessou não estar apaixonado por mim, eu deveria ter feito a pergunta mais definitiva de todas:

"Mas você não quer nem ver minha calcinha?"

No Rio de Janeiro, existe sempre uma orla e um horizonte, um lugar para se estar e um objeto do nosso olhar. Quando o meu casamento acabou, fiquei no limite de um território instável. Ao longe, nuvens sondavam algum outro continente.

E eu sabia que, em breve, elas viriam atrás de mim, furiosas e desenfreadas como um ônibus carioca: sem dúvidas, sem clemência.

No dia em que meu casamento acabou, desci a ladeira de carro até o mercadinho. Pela primeira vez em vinte e cinco anos, eu tinha o tempo e o espaço para entrar em comunhão com as framboesas. Apesar de estarem verdes e ácidas, escolhi uma singela e caríssima caixinha e botei no colo. Em casa, coloquei as framboesas na boca uma a uma. Persisti no mimo por três semanas. Daí mudei para salame italiano cortado bem fininho. Depois, biscoitos Negresco. A tristeza se manifesta em tantos sabores malditos.

Apesar disso, perdia peso e estava feliz por satisfazer os meus desejos gastronômicos de gringa sem sequer me dar conta que a decisão sobre as framboesas era apenas a primeira de muitas decisões que faria sobre a natureza da minha vida.

Em outro dia choroso, desci a ladeira de novo, dessa vez até a praia, para uma primeira caminhada medicinal ao longo da ciclovia. Ali, com a pele exposta ao sol carioca, subitamente solteira, me senti tão invisível quanto uma placa de "Proibido estacionar" para os cariocas.

No Brasil, os homens olham para as pernas, as coxas, as bundas. Mas sempre das jovens morenas rebolantes — nunca as minhas.

E eu não fazia a menor ideia de como olhar para os homens.

Aquilo que eu, de fato conhecia, era o estalar do tornozelo do meu ex quando ele se levantava de uma cadeira. Simplesmente farejando os seus feromônios, sabia distinguir se estava com desejo por uma bela picanha fatiada, quase crua, ou por uma feijoada. Eu era das poucas pessoas capazes de decifrar seu senso de humor, expressado sem qualquer mudança de feição.

Tínhamos nos conhecido em uma conversa de elevador no prédio onde ambos fazíamos uma pós-graduação, nos Estados Unidos, em 1979.

Claro que, durante o meu casamento, tivera paixonites por pessoas que eu dificilmente encontraria em um elevador, como o Phil Collins.

Mas, agora, sem marido, quem seriam esses homens que andavam pelo mundo? E qual mundo?

Nos últimos anos, eu vinha circulando apenas entre outros casais. Ainda que existam mulheres profissionais e bem-sucedidas em todas as áreas do Brasil, os eventos sociais cariocas são tratados como ambientes judaicos ortodoxos: homens de um lado, mulheres do outro. E as mulheres se vestem para as mulheres. Nossas roupas, acessórios, joias, penteados e manicures mapeavam nossos itinerários e denunciavam nossos extratos bancários.

Solidárias, comentávamos histórias de assaltos e de empregadas, e falávamos casualmente sobre nossas crianças, sempre concluindo:

— Filho é tudo igual, só muda de endereço.

E debaixo das roupas de grife? Eu até fazia alguns abdominais, mas já apareciam gordurinhas aqui e ali pelo meu corpo. Como muitas mulheres casadas, eu colocava a culpa na idade, além da comida e dos vinhos que o meu marido queria que eu compartilhasse com ele. E, como ele também tinha as suas imperfeições, eu confiava que o meu marido aceitasse a minha pele seca e áspera, as varizes, as rugas, a celulite, e o fato de que, em todo nosso casamento, eu depilara a virilha uma única vez.

Não é que depois de casada eu tivesse parado de pensar no desgaste natural do meu corpo. Não. É que, desde os tempos da complacência e a abundância da juventude, eu nunca me preocupara em muito mais do que manter os meus cabelos limpos e as axilas raspadas.

Após o divórcio, precisei de cinco anos para que pudesse ouvir uma rejeição como a de Antônio e logo dar a volta por cima — contabilizando a pobre lingerie que ele perdeu. Por coincidência, cinco anos foi o mesmo tempo que a cidade do Rio, depois de décadas de declínio, demorou para atingir o fundo do poço e, então, começar a sua própria transformação.

Teria sido bastante seguro dirigir até a casa de Antônio na noite do nosso jantar, mas preferi ir de táxi por causa da nova Lei Seca. Cinco anos antes, no começo da minha solteirice, podia-se beber e dirigir — mas também ser sequestrado, roubado, assaltado ou, quem sabe, o destino final de uma bala perdida. Hoje, ainda falta muito para o Rio ser tão seguro quanto Nova York. Mas fico feliz de afirmar que ser solteira em 2013 implica um risco de vida muito menor do que em 2005, quando começa esta história.

Em 1981, me casei com o brasileiro que conheci no elevador da pós-graduação e me mudei para o país dele, onde trabalhei como jornalista por uma década, criei três filhos sensacionais e onde acabei encontrando a minha vocação de escritora. Tudo aconteceu tão rapidamente que nunca aprendi a paquerar — nem no Brasil, nem em lugar nenhum.

Mas agora, a aprendizagem incluía meses de caminhadas e toneladas de teoria. Estava apavorada.

Em todo o mundo, as mulheres reclamam da falta de homens, mas no começo da solteirice eu não estava nem perto deste tipo de lamento. Ainda acreditava no conto de fadas para gringas cinquentonas que moram no Rio de Janeiro: iria tomar chope e comer bolinhos de bacalhau com uma amiga em um bar, um homem se interessaria pelo meu sorriso e viria dizer "Oi", e antes que eu me desse conta, estaríamos num casamento judaico, pisando em uma taça e sendo jogados de um lado para o outro, sentados em cadeiras, como manda a tradição.

Bem, talvez antes eu tivesse que dar uma passada no banheiro para tirar as lascas de bacalhau do meio dos dentes.

Minha cabeça não mudara muito desde o dia em que a minha mãe me levou para comprar o meu primeiro sutiã, aos treze anos de idade. Pensei que, quando chegasse em casa, estaria a cara da Brigitte Bardot.

Mas também tem o outro lado do conto de fadas, a versão da madrasta má, aquela em que você, incapaz de sair de casa, jamais encontrará alguém.

Depois do divórcio, pedi conselhos a todo mundo. A uma amiga mencionei um conhecido, na faixa dos trinta, que tínhamos em comum. Era solteiro, talvez uns quinze anos mais novo do que eu. Pensei que a minha amiga iria delicadamente me lembrar de quantos anos eu tinha e das consequências da lei da gravidade, mas ela disse:

— Ah, querida, esquece. Uma vez, a gente quase transou, mas quando vi o tamanho do pau dele, inventei uma desculpa e fugi.

Será que eu podia me dar ao luxo de eliminar previamente um homem só por causa do comprimento peniano? Será que isso era mesmo tão importante assim? Será que os homens diziam coisas como, "esquece essa fulana, a boceta dela já passou do prazo"?

Será que eu deveria fazer uma cirurgia plástica? Lá embaixo?

— Esquece — repetiu a minha amiga.

Meu marido fez as malas em janeiro. Antes de o verão terminar, em março, me dei conta de ter voltado a um quadro familiar, de minha infância, quando jogava beisebol com a turma da nossa rua: era sempre a última escolha do capitão da equipe — sem garra, sem talento, confusa sobre as regras.

O tempo cura tudo e ainda permite a uma moça a oportunidade de acumular sabedoria. Depois de vários anos de estrada (e, admito, AINDA SOLTEIRA. Por isso, escutem com cautela), eis meus conselhos para encontrar um parceiro romântico no Rio de Janeiro:

1) Tenha um harém;
2) Use a internet;
3) Recupere velhos namorados;
4) Faça um sinal com a mão quando precisar de ajuda;
5) Alimente-se;
6) Ande de peito aberto;
7) Saiba o que você quer;
8) Faça depilação.

Tenha um harém

Sylvia era uma velha amiga brasileira que vivera nos EUA por vinte anos e estava de volta no Rio há dez. Eu já conhecia Sylvia e o seu marido de eras passadas. E, então, graças a uma fortuita troca de emails, descobri que estávamos solteiras juntas! Ela, há dezoito meses. Por sua longa experiência no negócio de decoração de festas chiques, Sylvia conhecia meio Rio de Janeiro e, ao contrário de mim, ainda recebia convites das pessoas de sua encarnação anterior — quando estava casada. Solidária e com a generosidade de uma irmã, Sylvia se tornou uma mentora dedicada. E eu, sua acompanhante.

Juntas, íamos a estreias de filmes e de peças, coquetéis em consulados, cerimônias de prêmios musicais, lançamentos de livros. Conhecíamos diplomatas, entrávamos em listas de convidados.

Comprei uma lata de lixo de plástico para gelar cerveja e ficávamos arrastando-a entre as nossas casas. Recebíamos amigos e organizávamos festas alternadamente. Cuidávamos, de forma maternal, dos estudantes gringos de pós-graduação que faziam pesquisa acadêmica no Rio. Cozinhávamos e espremíamos limões para caipirinhas. Saíamos juntas tantas vezes que parecíamos um casal. Eu a pegava em casa e íamos às festas. Assim que Sylvia entrava no carro, dizíamos uma para a outra:

— Você está linda!

Tínhamos muito em comum, mas a nossa melhor qualidade mútua era ter aturado muita merda sem nunca perder o sorriso.

Existe uma superstição no Brasil que diz que você não deve comer o último pedaço de bolo, senão vai ficar para titia.

Bem, eu me sentia como se tivesse me empanturrado com as últimas fatias. Solteira e cinquentona, precisava de uma amiga como Sylvia para me sentir menos condenada.

Mas os donos da testosterona não estavam fazendo fila. Em um encontro para provar queijos e vinhos, conheci não um homem, mas uma amiga de Sylvia chamada Evangelina, loira, quarentona, óculos retrô. Evangelina estava saindo com um neurocirurgião. Moravam em lados opostos da cidade.

— Ele sempre quer que eu vá até a casa dele — choramingou Evangelina.

Espremido entre o mar e os morros, o Rio está repleto de túneis — e ruas curtas e estreitas demais. No primeiro indício de acidente de trânsito, deslizamento de terra ou tiroteio, as vias ficam completamente entupidas de carros parados, vans, caminhões, ônibus. Nessa época, ficar parado em um túnel não era brincadeira: úmidos e escuros, eles se transformavam em verdadeiros shopping centers de bandidos.

Por isso, os motoristas eram bem ágeis em desviar, dar marcha à ré, andar na contramão. Só nunca entendi porque não usavam essas mesmas habilidades na hora de dar passagem para as ambulâncias.

A criminalidade de então mantinha as pessoas confinadas aos seus próprios bairros, como se tivéssemos vários Muros de Berlim. Zona Sul na Zona Sul, Zona Norte na Zona Norte, Zona Oeste na Zona Oeste. A Zona Leste, claro, é o Oceano Atlântico.

O mapa mental que se tinha da cidade estava tão truncado que um shopping da Zona Oeste foi batizado de *Downtown*, o que em inglês indica o centro de uma cidade.

O verdadeiro Centro era um aglomerado decrépito de bancos, escritórios de contabilidade e advocacia, além de hotéis vagabundos; também era onde ficavam as corruptas Câmara de Vereadores e Assembleia Legislativa, além de um prefeito megalomaníaco. À noite, catadores esfarrapados vasculhavam todo o papel que essas pessoas importantes usavam e descartavam.

Então, se você morava em Ipanema, era uma boa ideia namorar alguém de Ipanema. Eu ainda era muito novata para dar este tipo de conselho à Evangelina. Também me ocorreu que tal bairrismo poderia ser um tiro no pé. Na verdade, foi ela que acabou por me ajudar, com o seguinte conselho:

— Você tem que ter um harém. Um cara para ir ao cinema, outro para conversar, mais um para uma boa transa.

Dei uma golada no meu vinho.

Sempre fui péssima em matemática. Atrair apenas um homem já era um grande desafio. Como iria conhecê-lo?

Será que eu ainda transaria de novo nessa vida? De manhã, acordava e dava por mim agarrada ao travesseiro do meu ex-marido. Ainda que durante o nosso casamento, eu jamais tivesse acordado agarrada a ele.

Use a internet

Talvez o Brasil não fosse mesmo para sempre. Talvez fosse hora de jogar a lata de lixo no lixo, desviar dos desvios e disfarces, e simplesmente voltar para um simpático rapaz judeu norte-americano. Seria esse o meu destino verdadeiro e perdido?

Nos Estados Unidos, minha irmã estava casada e feliz, mas com muitas amigas divorciadas. Quando eu reclamava de não estar conhecendo pessoas novas, ela sempre me dizia:

— Você vai encontrar alguém.

Os homens, especialmente os mais novos, se deixavam intimidar, mas é claro que eram esses os mais atraentes.

— Você deveria tentar encontrar alguém na internet — sugeriu minha irmã ao telefone uma vez.

Mas eu sentia que o meu futuro homem estaria lendo um livro, em vez de estar posando de óculos escuros para a foto do seu perfil.

Recupere velhos namorados

Durante um *check-up*, minha ginecologista — uma mulher sensual, da minha idade, com um consultório cheio de cristais, e que oferecia quimonos de seda para as pacientes vestirem durante os exames — me contou sobre uma amiga de outro estado que descobriu a traição do marido. Naturalmente, ficou muito deprimida.

— Venha passar a semana no Rio, vamos nos divertir — receitou a médica à sua paciente traída. — Ligue pro Francisco, eu disse a ela, você vai se sentir muito melhor.

Francisco era um ex-namorado, solteiro. Depois de uma semana, a amiga da minha médica voltou para o marido, vingada e renovada.

Se ao menos fosse possível receitar homens. Minha própria ginecologista, depois de viver com um músico dez anos mais novo, estava saindo com um ex-namorado da faculdade de Medicina.

— No Brasil, os homens de sessenta saem com as mulheres de trinta. Os de cinquenta saem com as de vinte — lamentou-se a ginecologista. — Na França, os de sessenta namoram as de sessenta, cinquenta com cinquenta, quarenta com quarenta. Se não der certo com esse meu novo-velho namorado, vou pra França.

Balançamos nossas cabeças. Quando um relacionamento termina, continuou ela, o homem simplesmente vira a página e já começa um novo capítulo.

— Mas as mulheres... Por que será que temos que virar página após página em branco até chegarmos ao próximo capítulo? — perguntou, folheando os papéis em branco empilhados em cima da mesa.

Sorri e concordei. Mas suspeitava que essas páginas não estavam realmente em branco. Talvez nós mulheres simplesmente precisássemos ter experiências mais diversas.

Cariocas se gabam de fazer amigos de infância instantaneamente. Mas velhos amigos de verdade são os melhores. Com eles, é muito mais fácil aceitar comportamentos ridículos — e curtir memórias de comportamentos ridículos.

Por exemplo, ter dançado de braços dados em uma festa junina de escola: enquanto ele vestia uma camisa quadriculada e borrava os bigodes pintados por sua mãe, você estava de sardas falsas, balançando um vestido que encobria as ceroulas que você puxava a toda hora, pois o elástico apertava a coxa. E a professora batia palmas daquele jeito tão idiota!

No Rio, os círculos sociais começam na infância, não apenas na escola e no bairro, mas também num ponto específico da praia. Você pode ser um menino do Posto 9 de Ipanema, ou uma adolescente do Posto 6 de Copacabana. Os postos são estruturas de concreto que juntam chuveiros, banheiros e os escritórios dos guarda-vidas.

Da galera de amigos do posto, são poucos passos (sempre cheios de areia) até o colégio e a faculdade. A vida no Rio é tão boa que os cariocas evitam emigrar: todo mundo conhece todo mundo e, ainda por cima, são "primos". Então, é fácil terminar um relacionamento e voltar a circular.

Mas, sendo eu uma gringa, meus velhos amores viviam em outros lugares...

Apesar das aparências, a gente acaba por se ater a certos padrões. Meu ex-marido era uma versão brasileira do meu pai; eu era uma versão norte-americana da sua mãe. Depois de mim, ele se casou com uma moça católica, de boa família, que teria agradado a sua avó tanto quanto uma vesícula funcional.

Na universidade, estudei pouco e aperfeiçoei tanto os passos de salsa que mereci um diploma em dança mais do que em qualquer outra matéria. Para tanto, namorei uma série de jovens e simpáticos judeus latino-americanos, que voltaram todos aos seus países.

Quando o meu marido e eu chegamos ao Brasil, recém--casados, a avó dele colocou uma nota em uma coluna social, dizendo que o seu neto estava trazendo para casa uma jovem de "uma velha e distinta família americana".

Eu tentava desesperadamente explicar a ela que era neta de imigrantes judeus e que um dos meus antepassados trabalhava em um ferro-velho.

— Mas você acredita em Deus, não? — ela sempre perguntava.

Nunca fui uma adolescente revoltada. Hoje, entendo que não queria perturbar uma família que já tinha demasiados problemas. Mas eu precisava trazer à tona a minha vontade de ser diferente. A solução foi inventar algo que papai e mamãe aprovassem: desenvolvi uma queda por revolucionários. O idealismo agradava ao meu pai e a minha mãe sabia que, de fato, eu nunca chegaria a atirar um coquetel Molotov.

Ela me sequestrava para comprar uma nova bolsa quando julgava que a que eu usava estava pronta para o lixo. E eu me permitia ser sequestrada.

Adorava as minhas velhas bolsas surradas. Elas eram distintas. Nessa época, eu e as minhas amigas pisávamos nos tênis Keds umas das outras para que parecessem mais usados.

— Entre no carro, — comandava minha mãe. Só pelo tom, eu já sabia: tratava-se de uma bolsa.

Se eu fosse procurar os meus antigos namorados, o primeiro seria o jornalista colombiano, esquerdista, que conhecera durante o semestre que estudei em Bogotá. Carlos me levara para o topo de uma favela para conhecer a sua "família", que, na verdade, eram os seus amigos. Quando bebi o café que me ofereceram, feito com água sabe-se lá de onde, passei no teste dele.

— Poderíamos ir morar nas montanhas — sugeria Carlos. Dessa vez, estávamos em 1974, durante um encontro romântico no México. Fiz espaguete com chilis para ele, e também perdi a minha virgindade. — Mas você nunca mais iria ver sua família de novo — acrescentou. Com uma boina e uma barba, Carlos passaria facilmente por Che Guevara. E, tal como ele, poderia ser assassinado na Bolívia pelas forças imperialistas.

Seu nome completo era comum demais para ser encontrado na internet quase quarenta anos mais tarde.

Havia também um argentino, que conheci antes do meu ex-marido, refugiado político no Brasil durante a ditadura em seu país. Algumas vezes, ficávamos deitados discutindo política e eu confessava meu medo de perder o idealismo — e me juntar ao inimigo.

Será que, depois de tantos anos, eu acabara fazendo isso mesmo? Em momentos de dúvida, teria gostado de consultá-lo, mas infelizmente ele falecera. Vi o obituário poucas semanas depois do fim do meu casamento.

E tinha ainda o revolucionário que, por todo o campus, arrebentou corações, inclusive o meu. Nos quartos de dormitório, Roberto tocava violão e cantava músicas sobre Cuba. Ficávamos enfeitiçadas com as suas histórias: uma vez, no Equador, escondera em sua casa estudantes marxistas perseguidos pelo exército. Quando dançava salsa, os seus quadris nos contagiavam. Dançar, dizia ele, era a expressão vertical de um desejo horizontal.

Durante muitos anos, Roberto assombrou meus sonhos, sempre observando, jamais dizendo uma palavra.

Minha infância de subúrbio nos Estados Unidos, marcada pela vontade de sermos normais e alcançar o sonho americano, não chegava a me incitar à guerrilha numa serra, com um dublê do Che. Mas namorar latinos já era por si só um tipo de revolução — uma revolução que realizei, de certo modo, ao me casar com um brasileiro e me mudar para o país dele.

E foi assim que me tornei uma americana de uma velha e distinta família.

Saiba o que você quer

Jim, um velho amigo dos tempos de universidade, estava no Rio a trabalho e fomos beber Prosecco e comer ostras.

É claro que ele esperou até eu ficar solteira para me revelar que era gay — assim como as minhas amigas casadas me contavam que seus maridos não as tocavam há cinco anos, que estavam lidando com o fim de um caso extraconjugal ou que vinham secretamente trocando emails com um admirador.

Talvez eu ainda pudesse ser mais feliz do que a maioria das pessoas.

O namorado brasileiro de Jim estava feliz. Cansado dos assaltos, tinha acabado de se mudar do Rio para Praga. Naquela época, a criminalidade e a falta de oportunidades funcionavam, na prática, como um excelente programa de incentivo à imigração para os cariocas.

Nos jornais, quando as vítimas de crimes eram de classe média alta, a matéria sempre encerrava noticiando se planejavam ou não sair da cidade. A maioria deles ficava, atormentada por uma dúvida existencial: valia a pena dirigir pelo Rio em um carro blindado de vidro fumê, quando se poderia estar ao volante de uma Porsche conversível em Miami?

A última vez que o namorado de Jim passara por um assalto, os bandidos eram policiais, que o humilharam por ser gay e levaram a caixa de champanhe que estava em seu porta-malas. Jim me mostrou o anel que tinham comprado juntos.

— Namoram há quanto tempo? — perguntei.

— Ah, você tem que medir os relacionamentos gays como se fossem anos de cachorro — disse Jim. — Mas, em termos humanos, um ano e meio.

Nossa amizade começara antes mesmo de eu conhecer meu ex, quando meu cabelo era longo, eu magérrima, e meu livro de Microeconomia I ainda estava por estrear.

Bebericando Prosecco quase trinta anos (humanos) depois, eu tentava explicar o que acontecera com o meu casamento, compartilhar um pouco da minha dor e da minha decepção. Mas um casamento é o tipo de história que nunca cristaliza, uma história que vai ganhando peso e rugas ao longo dos anos — até que simplesmente alguma das partes perde o interesse.

Jim e eu arrancávamos as ostras das suas conchas em silêncio — fazendo uma reflexão compartilhada. Ele colocou um pouco de cebola fatiada em vinagrete sobre uma ostra, deslizou-a para dentro da boca, pousou o garfo e se voltou para mim:

— O que você quer?

Ande de peito aberto

Em abril, apesar de já saber fazer risoto, me matriculei em um curso de culinária. Os alunos eram dois homens gays e um monte de mulheres.

Depois, me inscrevi em um curso sobre a filosofia de Hannah Arendt, ministrado por doutorandos empolgados. Havia alunos de todas as idades e gêneros, inclusive o pai de uma amiga, que me chamou para sair. Assim, o primeiro encontro romântico do meu pós-casamento foi um agradável jantar com um homem de setenta anos, que mancava.

Meu próprio corpo estava rangendo, apesar das caminhadas no calçadão. Em uma visita à fisioterapeuta por causa de uma dor no quadril, ela massageou os músculos contraídos até que relaxassem. Então, vestiu luvas brancas de algodão como as que a minha mãe nos mandava usar na infância.

— Só um minutinho — disse ela, e estalou meu nariz. O quadril e o nariz não eram os únicos problemas, descobri. A mandíbula estava travada, minha cervical parecia um poste de concreto, e eu andava como se, a qualquer momento, estivesse esperando um soco no estômago.

Voltar ao mundo romântico ia exigir uma boa reforma da casa. Comecei a frequentar essa mesma fisioterapeuta duas vezes por semana. Ela me ajudou a andar de peito aberto — aberto à vida e às experiências assustadoras que começavam a se desdobrar bem debaixo do meu (agora estalado) nariz. E, como ela também era bruxa, previu que eu encontraria alguém que me pediria informações.

A espiritualidade faz parte da vida cotidiana no Brasil. Para ganhar eleições, o megalomaníaco prefeito do Rio rezava para São Judas Tadeu, o santo das causas perdidas. Já empossado no cargo, fazia uso de xamãs para evitar enchentes. As enchentes continuaram acontecendo.

Mas poderiam ter sido bem piores, diria um carioca místico.

Minha causa ainda não estava perdida. Como dizia a bruxa, o universo estava do meu lado. E, assim, ao ouvir um oráculo, fiz o que qualquer gringa cinquentona que se respeitasse faria: fui às compras. Em Ipanema, onde ficavam as melhores lojas, eu perdia tempo nas esquinas. Que novidade poderia eu saber que ELE não saberia? Apesar de passar por carioca, com os meus cabelos e olhos castanhos, saltos baixos, maquiagem discreta e roupas casuais, mas elegantes, sempre bem-passadas, nem mesmo um turista me pedia informações.

Fiquei ali, fingindo esperar por um amigo, e observei os homens em volta. Sentados, andando, parados. Estava trabalhando a minha postura, mas poucos deles andavam de peito aberto.

Depois de um sonho com paralelepípedos que apareciam em baixo dos meus pés, concluí que ELE seria um pintor. Frequentei galerias e colecionei catálogos. Estudei a seção de artes do jornal *O Globo*. Quase sentia o cheiro de tintas e telas.

Um pintor italiano. Tinha certeza de que os paralelepípedos do sonho ficavam em Roma.

Quando ele me visse, a única novidade que eu apresentaria seria a minha extrema magreza — mas isso não era segredo nenhum.

Alimente-se

Meu filho mais novo e eu comíamos como se tivéssemos que sair correndo para apagar um incêndio.

— Você vai recuperar o peso assim que estiver em um novo relacionamento — previu minha amiga dinamarquesa Mette, em uma de nossas longas conversas telefônicas. Como eu, Mette tinha conhecido seu marido brasileiro em uma universidade nos Estados Unidos e viera para cá décadas atrás para começar uma vida nova. Ao longo dos anos, ela se transformou em uma perita em sogras, ambientes de trabalho, reformas, obras, receitas, crianças, escolas, casas de praia, empregadas domésticas, cozinheiras, jardineiros e motoristas. Com seu resignado humor dinamarquês, Mette estava quase sempre certa.

Mas, sobre minha cintura, eu torcia para que ela estivesse errada.

Depois do fim do meu casamento, cabia a mim olhar para baixo para evitar o cocô de cachorro (algo que meu ex costumava fazer em nossas caminhadas), além de executar outras tarefas desagradáveis. Mas a "Dieta do Divórcio" foi uma das consequências bem-vindas.

Ainda assim, precisava comprar comida. Minha mãe conheceu o seu segundo marido na peixaria do supermercado, e eu tinha lido que, num supermercado, lá pelas sete da noite, dá para encontrar homens querendo apimentar a vida.

Por isso, rebolei pelos corredores do meu mercado local com uma cesta de compras pendurada no braço. Acabei ficando com um braço mais musculoso do que o outro — de tanto carregar minhas compras para casa — sozinha.

A comida pode abrir portas a um caso de amor. Conheci uma mulher em um jantar japonês que dizia ter acompanhado diariamente uma parente no hospital. Seu único descanso era o almoço na cafeteria. E tinha sido ali que encontrara um velho colega de escola, também com um familiar doente. Seis meses depois desse encontro no hospital, ali estava ele, ao lado da minha amiga, pinçando sushi com pauzinhos.

— Comida de hospital é uma delícia — acrescentou ele, com um grande sorriso.

Faça um sinal com a mão quando precisar de ajuda

É bem prático ter amigos guarda-vidas. São todos bombeiros, uma profissão que admiro desde que vi uma lancha em Veneza, zarpando em direção a um incêndio, cheia de *vigili del fuoco*, que atravessavam a popa, em seus uniformes de borracha preta com listras verdes. Juro que seus cabelos ondulavam ao vento, mas provavelmente estavam usando capacetes.

Os bombeiros guarda-vidas do Rio usam sungas e camisetas vermelhas sem manga. Não há nada mais *sexy*. Correm em bandos pelas ciclovias do Rio, cantando e batendo palmas em estilo militar. Descendo do céu, com o auxílio de redes gigantes penduradas em helicópteros, salvam afogados.

Foi um desses heróis que me ensinou uma importante técnica de sobrevivência, logo depois que me mudei da minha casa enorme para um apartamento mais apropriado em Ipanema. Levada pela correnteza enquanto tagarelava com uma amiga, não conseguia mais voltar à areia, que estava apenas alguns metros à frente.

— Venham nadando de lado — gritou o guarda-vidas —, e então vão conseguir.

Após alguns minutos de desespero, que mais pareciam séculos, me encontrei deitada na areia, recuperando o fôlego.

— Sabia que você não estava em perigo — disse o meu salvador, se debruçando sobre mim. — Você não fez sinal com a mão.

Tantas vezes eu desejei ter feito esse sinal com a mão.

Faça depilação

— Eu sempre depilo os grandes lábios e o ânus — contou a minha amiga Bárbara, de vinte e oito anos. Estávamos saindo de uma festa na casa da Sylvia, onde havíamos bebido muita cerveja, previamente gelada na lata de lixo. Fiquei chocada, tanto pelas palavras que ela usou quanto pelo conceito em si. — Gosto da sensação — explicou ela. Fiquei de cabelo em pé. Bárbara gostava da sensação sozinha, andando na rua? Na cama com alguém? Quem? Quando?

Às vezes, é bem complicado traduzir certas frases anglo-saxônicas para o português. O inglês costuma ser mais econômico e leve. Mas, em algumas ocasiões, o português ganha de lavada.

Dedetizar, por exemplo, é daquelas palavras que a gente insere na frase mesmo quando estamos falando inglês (ironicamente, dedetizar vem da sigla de língua inglesa *DDT*, um pesticida). Isso porque *fumigate*, o equivalente, carrega um quê de campo de concentração, e qualquer outra opção requer um monte de palavras. Quem sabe a variedade de cupins, formigas, traças, brocas e mosquitos, nativos da umidade carioca, compense a eficiência da palavra "dedetizar".

Nos Estados Unidos, fala-se em *Brazilian waxing*, o que, literalmente, quer dizer "enceramento brasileiro". Mas, assim como os franceses não falam em "saída à francesa", as brasileiras também não fazem "enceramento brasileiro". "Depilar" é tão mais simples.

Defendo que deveríamos simplesmente acrescentar a palavra *depile* à língua inglesa, um verbo bem específico para descrever uma ciência altamente sofisticada e levada à perfeição em lugares como o Pello Menos Instituto de Depilação — cujo nome é um trocadilho, difícil de explicar aos meus amigos que não falam português.

Também é uma ciência saber quando visitar o instituto, porque uma depilação eficiente requer que o pelo cresça até o ponto de se tornar uma afronta visual a ambos os sexos. Tal floresta é considerada tão feia que, enquanto em inglês tudo é simplesmente *hair*, o português descreve com uma palavra aquilo que cresce no corpo (pelo) e utiliza outra para o que nasce na cabeça (cabelo).

Homens peludos não são considerados nem um pouco bonitos e existem clínicas especializadas na remoção permanente de todo o pelo corporal. Seus anúncios nas traseiras dos ônibus promovem um verdadeiro caminho eletrolítico para o nirvana.

A ciência da depilação requer passar dez dias de calças compridas e roupa de mangas, mesmo num calor de quarenta graus, mesmo que se queira ostentar um visual com o máximo de pele exposta.

O resto da ciência fica a cargo das experientes funcionárias uniformizadas do Pello Menos e de outras centenas de estabelecimentos parecidos por todo o Rio de Janeiro.

Na sala de espera, um cartaz apresenta todas as combinações possíveis: do buço (o local entre o nariz e os lábios que em inglês não tem nome) às pernas (com ou sem joelho). No balcão, pedir a depilação do ânus é algo tão natural como pedir um copo d'água. Mas, a cliente que tiver muita vergonha pode informar sua escolha no cubículo, em voz baixa, onde termos como "aqui", "lá" e "mais embaixo" são suficientes para comunicar vontades.

A sala de espera oferece televisão, café e revistas de fofocas, mas o serviço é tão rápido que mal dá para desfrutar do Brad Pitt. A atendente, com uma folha de papel pardo nas mãos, chama o nome da cliente e lá vai ela para o cubículo. O papel é estendido sobre a maca e a pinça virgem, entregue à cliente na recepção, passa para a mão da atendente.

— Fique à vontade — ela diz, antes de buscar o balde de cera quente e vermelha que será só seu. "Fique à vontade", no caso, é um eufemismo, que quer dizer "tire a roupa e deite-se em cima do papel pardo". O que deixa a vítima/cliente, sobretudo na primeira vez, nada à vontade.

Tendo absorvido muito bem as recomendações da minha amiga de vinte e oito anos, logo na primeira visita mandei ver uma depilação das axilas, virilha, pernas, menos os joelhos (os meus não são peludos) e, sim, o meu ânus. Em voz alta, mas não muito alta, a moça leu o pedido que eu fizera no balcão. Só para checar. Uma vez tudo confirmado, ligou um ventilador de parede, colocou luvas de plástico e depilou as pernas e a virilha ao mesmo tempo. Enquanto eu ficava em uma série de posições, deitada de barriga para cima e, em seguida, nas mesmas posições, deitada de bruços, ela espalhava a cera quente com uma espátula de madeira e arrancava-a assim que esfriava sob o ventilador.

Bárbara se esquecera de me dizer que dói tanto que você quer gritar, sobretudo na primeira vez. Consegui reduzir os meus gritos a gemidos; é que passar a lâmina fortalece os pelos na luta contra a cera. Além disso, não sabia sequer que a linha do biquíni passava tão lá embaixo.

Apesar de tudo, foi como dar à luz — me senti tão bem depois que até deu vontade de fazer de novo.

No fim, a pinça retoca aqui e ali, e a cliente ainda a ganha de presente, acumulando-a, junto às outras, na gaveta do banheiro. Então, a funcionária segura um espelho diante de todas as partes que agora estão como bundinha de neném, para a aprovação final.

Na recepção, antes de apresentar a dolorosa (literalmente), a balconista pergunta se o serviço foi satisfatório.

O serviço no Rio quase nunca é bom. Poucos prestadores se dão ao trabalho de perguntar sobre a impressão que deixa um conserto de encanamento, um almoço ou um novo par de sapatos. Eu, que acabara de ficar deitada me virando e desvirando em diversas posições, achei a pergunta sugestivamente sexual. Sugeria que o sexo deve ser satisfatório e que certamente o seria, agora que eu estava satisfatoriamente depilada.

Ao sair, me sentia uma Lolita, radiante de prazer, tanto imediato quanto de promessa para o futuro. Até estar verdadeiramente depilada, não tinha ideia de que as nádegas se roçam, de fato, enquanto caminhamos. E assim, fui rebolando pelas ruas até chegar em casa, cantarolando aquela música do Vinícius de Moraes e do Tom Jobim, "Ela é carioca, basta o jeitinho dela andar...".

ALL YOU NEED IS AMOR

Por todo lado, via brasileiros tomando a medida uns aos outros, se encostando, se beijando, se abraçando, flertando. As pesquisas sempre apontam que os brasileiros têm das melhores vidas sexuais do mundo. Depois da depilação, estava mais do que pronta para fazer parte dessa estatística.

Um dia, na praia de Ipanema, um homem musculoso e de lábios fartos saltou de sua *mountain bike*, a estacionou na areia e sentou-se em uma cadeira ao lado de uma quarentona que ele tinha, aparentemente conhecido há pouco tempo (cujas amigas se lembraram, rapidamente, de compromissos urgentes à beira d'água).

Como se estivesse no museu do Louvre, restaurando a Vênus de Milo, ele começou a limpar a areia de um dos pés dela. Então, se levantou e perguntou cavalheirescamente a outra moça se ela ainda precisava de uma garrafinha de plástico jogada na areia. A garrafa foi devidamente cedida à causa. O rapaz andou até as ondas, encheu a garrafinha, voltou para a sortuda, lavou seus pés e lhe fez uma massagem, o tempo todo falando em voz baixa ao seu ouvido.

A sutileza me arrebatou.

O antropólogo brasileiro Roberto DaMatta passou muito tempo em bibliotecas universitárias norte-americanas quando estudava nos Estados Unidos, nos anos 1960. Ele dizia, num curso que fiz duas décadas mais tarde, que as alunas norte-americanas chegavam à biblioteca, procuravam por um lugar vazio e corriam em linha reta até o primeiro que encontrassem. Se sentavam desajeitadamente, largavam os livros na mesa e se posicionavam na cadeira de qualquer forma.

Dizia DaMatta que, por outro lado, as alunas latinas, sabendo que o mundo, de fato, é um palco, pausavam estrategicamente na porta da sala de leitura. Avaliavam as possibilidades. Jogando o cabelo e rebolando, faziam questão de que a sua chegada fosse percebida por todos. Ao escolher um local que maximizava a exposição e a visão, se colocavam da maneira mais atraente possível.

Durante quase todos os meus anos no Brasil, eu tinha sido uma mulher casada, com filhos. Agora, observava aquela massagem nos pés e babava. Claramente, era um truque. Com certeza, o gostosão não continuaria tratando aquela mulher como uma deusa depois do flerte inicial. Porém, eu queria uma massagem nos pés. Queria uma massagem em todo o corpo. Porra, eu tinha depilado!

Os requisitos para uma vida amorosa na cidade do amor exigiam muito mais do que babar ou depilar.

E a minha mãe, que me aconselhou a nunca ficar perto de loiras altas, de olhos azuis, nas festas, estava longe demais para me sequestrar. Por isso, certo dia em Ipanema entrei numa loja para namorar uma pequena bolsa verde-claro, de alça curta, dessas que se usam ao ombro, a tiracolo.

— Perfeita para sair e tomar chope com as meninas — disse a vendedora.

Eu nunca tinha feito isso! Sequer tinha notado que as pessoas saíam para tomar chope. No meu mundo, a gente saía para jantar ou recebia os amigos em casa — e bebíamos vinho, francês.

Se eu saísse com uma amiga, de bolsa verde, se tomasse chope e comesse bolinhos de bacalhau com molho de pimenta, talvez aquele homem especial viesse bater um papo comigo.

"Dava para perceber as rugas do rosto?", me perguntava, olhando meu reflexo no espelho da loja, a bolsa debaixo do braço. E a pele do pescoço? Se eu sorrisse, será que os homens focavam no sorriso, deixando de lado as marcas do tempo?

Comprei a bolsa.

Para uma comemoração do dia nacional do Panamá, em uma cobertura, joguei a bolsa sobre meu ombro e acompanhei a Sylvia. Em vez de chope, bebemos Prosecco e, em seguida, fomos conversar com um homem de monóculo, blazer e lenço no pescoço, que talvez fosse um conde italiano. Quase ninguém usa blazer no Rio (quente demais), muito menos monóculo e lenço. Mal se veem gravatas.

Movidas a Prosecco, fomos falar com ele — e eu disse que, na próxima vida, gostaria de poder usar um monóculo também.

Nem um pouco italiano, ele nos apresentou à sua mulher e explicou que na juventude um estilhaço de vidro danificara um dos seus olhos. De alguma forma, aquele monóculo o levou a se gabar do seu parentesco com a família de Dom João VI, o rei português que, em 1808, fugiu de Napoleão com sua corte de dez mil pessoas e transformou o Rio em uma metrópole. Nosso novo amigo contou-nos da sofisticação carioca naqueles anos e posteriormente.

A decadência do Rio era ainda mais trágica por ter sido a única cidade latino-americana a governar um Império: era como se a rainha Elizabeth II ficasse viciada em *crack*. Ao pensar em tudo isso, Sylvia e eu balançamos a cabeça e paramos um garçom para encher nossas taças com mais Prosecco.

Minha bolsa verde não estava funcionando, mas pelo menos eu estava aprendendo um pouco de história.

De repente, nessa terra do amor, me ocorreu que seria legal sair com alguém do mundo das letras, como eu. Ou, pelo menos, alguém que lesse.

Solteira, com a Festa Literária de Paraty, a FLIP, chegando nos primeiros dias de julho, sonhei em esbarrar num leitor-escritor com profundidade e talento. Na verdade, tropeçar seria a palavra mais apropriada: Paraty é famosa por seu calçamento em pé-de-moleque, enormes pedras que, desde a colonização portuguesa, foram se encaixando como dentes tortos. É tão difícil andar por lá que fiquei com medo de passar todo o tempo olhando para baixo — e perder os gostosões.

Convidei Sylvia. Levamos na mala as nossas roupas mais atraentes e nossos sapatos menos feios. Paraty fica na costa, a meio caminho entre o Rio de Janeiro e São Paulo. Pensamos que talvez fôssemos encontrar partidos paulistanos — oriundos de uma cidade maior e bem mais rica.

Assim que chegamos, nos demos conta de ter apostado no cavalo errado. Chovia muito e fazia frio. Enquanto isso, ônibus vindos de São Paulo engarrafavam a entrada da cidade, escoando... centenas de mulheres.

— Clubes de leitura — eu disse para Sylvia, quase cuspindo.

— Dãaa — respondeu ela. — Você achava mesmo que os homens liam?

Pulamos as poças, de pedra em pedra, olhando para cima, olhando para baixo. Bebemos caipirinhas gigantes e tomamos sopa para debelar o frio e compensar a ausência de companheiros. Discutimos ex e futuros namorados. Comparando-me com Sylvia, sentia que ainda faltava muito para eu chegar em algum lugar.

Loira e alta, Sylvia tinha uma capacidade inigualável para fazer uma boquinha com os lábios e abrir os olhos ao máximo, posicionando a cabeça num ângulo sedutor e inocente. Já o meu rosto é parecido com o do meu pai, bem masculino, mais bonito com maquiagem nos olhos. A língua portuguesa tem um nome para o meu tipo de corpo: "falsa magra" — ou seja, seios pequenos, pernas e braços magros, e bunda desproporcional.

Quando eu estava no Ensino Médio, a minha mãe lamentava frequentemente o tamanho do meu traseiro. De tanto ouvir isso, o trauma me leva a girar e girar diante dos espelhos de loja até hoje, como um cachorro perseguindo o próprio rabo. Meus braços são curtos, mas, graças a Deus, os homens não reparam nessas coisas — dobrar as mangas é apenas uma pequena inconveniência. No geral, é muito bom ter o meu tipo de corpo no Brasil: quase sempre faz demasiado calor para mangas compridas — e os homens preferem as bundas aos seios (aqui até os implantes de silicone nos glúteos são mais populares do que os mamários).

De volta ao Rio — um tanto mais gordas e menos iludidas —, uma coisa que Sylvia e eu não fizemos foi ir à Melt. Era uma boate no Leblon, que a minha filha frequentava antes de se mudar para Nova York. Sempre torcendo por mim, ela insistia em dizer que gente de todas as idades ia à Melt.

Meu ex mal alternava os pés, mas adoro dançar e estava ansiosa para balançar o esqueleto. Infelizmente, Sylvia nunca estava a fim de ir à Melt e eu não tinha coragem de encarar aquela fila sozinha.

Pensava muito na Melt. Às vezes, conjecturava que, todo sábado ao fim da noite, o homem da minha vida deixava a boate, sozinho e desapontado. No resto do tempo, concluía que os homens na pista provavelmente eram *pitboys*, parte integrante da fauna noturna carioca (jovens musculosos com uma fama de bater nas pessoas, usando o pretexto de proteger a namorada de outros pretendentes).

* * *

— Acho que nunca mais vou casar de novo — disse Sylvia, voltando comigo do teatro. Seu ex costumava gritar com ela e não era fiel. No final do casamento, Sylvia estava terrivelmente magra e não conseguia dormir.

Já eu, por outro lado, por falta de homem, estava acordando às quatro da manhã. Esperava dar as seis horas, levantava e treinava. Banhos gelados não são suficientes para esfriar o desejo das mulheres com mais de cinquenta anos.

Em vinte e cinco anos de casada, eu tinha estourado a cota de "hoje não, estou muito cansada". Quem me dera poder clicar na opção "desfazer".

Sylvia me apresentava a todas as pessoas que podia. Eu fazia o mesmo. Conheci um gringo trintão de quem gostei, que flertou comigo, mas que nunca me chamou para sair. Um de seus amigos, apesar de já ter uma namorada, estava interessado em Sylvia. Um dia, esse cara subiu com ela para seu apartamento — e ROLOU.

— Você não precisa me contar se não quiser — eu disse, na noite seguinte. Estávamos tomando uma cerveja estupidamente gelada em um bar do Leblon, a bolsa verde no meu colo.

Tinham assistido a um filme na sala dela e, então, houve conversa, beijos e carícias.

— Você tem camisinha? — ele perguntou.

— Dúzias — ela brincou. — E qual sabor você prefere?

No final, foram buscar um pacote na farmácia perto de casa.

Sabia que ainda era cedo para mim. Precisava cicatrizar e me reorganizar antes de um novo relacionamento. Mas isso não me impedia de sonhar com um sofá, um cara jovem e uma camisinha de sabor conhaque.

Nos primeiros meses de vida de solteira, durante o verão, eu saía com amigas, via o meu analista religiosamente, escrevi parte de um romance e dei continuidade à rotina de dona de casa classe média alta, que incluía aulas de tênis e piano. Com o tempo esfriando, já no meio do ano, caminhava rapidamente no calçadão, desviando dos montinhos de cocô de cachorro, órfãos do olhar atento do meu ex.

Amor, amantes e amar fazem parte da identidade nacional brasileira.

Um dia, andando à toa no calçadão de Ipanema, bebendo uma água de coco (para os gringos, a versão natural de Gatorade), reparei em uma das barracas de aluguel de cadeiras e guarda-sóis. Antes da padronização imposta pela prefeitura, em dezembro de 2009, cada uma das barracas de praia, de uma vasta e diversa coleção, tinha o nome do proprietário escrito em grandes letras pretas sobre um fundo branco: Marcello. Leandro e João. Graciela e Cia.

Uma barraca, decorada com a bela bandeira brasileira, trazia uma variação do lema nacional: Amor, Ordem & Progresso. Talvez o cara que tivesse escrito isso fosse o massagista de pés.

Na verdade, se trata de um resumo da frase original que inspirou o lema nacional: "O Amor por princípio e a Ordem por base; o Progresso por fim", criado pelo filósofo positivista francês Auguste Comte, no século XIX. É interessante como alguns países tendem a usar palavras como "progresso" e "trabalho" em seus lemas nacionais. Parece que quem escolheu tais insígnias achou necessário impor uma certa ética protestante.

O lema brasileiro não poderia ser mais diferente do norte-americano *In God We Trust* (Em Deus nós confiamos), ou do norte-americano anterior, em latim, *E pluribus unum* (De todos, um). Ou o "Liberdade, Igualdade, Fraternidade", dos franceses.

(O lema nacional mais peculiar talvez seja o do minúsculo país de Luxemburgo: "Queremos ficar como estamos". Para um país que foi ocupado e dividido tantas vezes como foi Luxemburgo, vale a pena deixar bem claro seus desejos.)

Disse antes que os cariocas raramente deixam o país, com a exceção dos ricos que sofreram crimes violentos. Porém, existe outra exceção.

Durante o governo militar, na década de 1960, dissidentes brasileiros fizeram manifestações, roubaram armas e assaltaram bancos. Muitos eram capturados e sofriam torturas. Por algum tempo, a resposta dos dissidentes, ainda em liberdade, foi sequestrar diplomatas em troca da libertação dos prisioneiros políticos. Enquanto isso, acontecia uma guerra de propaganda. Na rádio, tocavam marchinhas de sucesso como "Eu te amo, meu Brasil", de Dom:

As praias do Brasil ensolaradas
O chão onde o país se elevou
A mão de Deus abençoou

Mulher que nasce aqui tem muito mais amor
O céu do meu Brasil tem mais estrelas
O sol do meu país mais esplendor
A mão de Deus abençoou
Em terras brasileiras vou plantar amor...

(Da música "Eu te amo, meu Brasil", de Dom, cedida por Universal MGB Editora Musical.)

Quantas outras nações dependem do amor para se sentirem patriotas? Se o dogma nacional era o amor, pensei, tinha que haver um patriota à espera dessa gringa.

É engraçado como as circunstâncias acabam dando forma à vida de uma pessoa. Um dia, quando saí para caminhar, fui pega por uma chuva inesperada, e tive que correr. Correr foi muito mais fácil do que imaginara. Quando cheguei em casa, senti todo o universo pulsando pelas veias.

Estava no meu melhor momento de forma física quando, com amigos, esbarrei com o diretor de uma editora brasileira em uma praia de Angra dos Reis.

— Eu disse que talvez precisasse de um emprego, e ele disse que talvez estivesse procurando gente para trabalhar na editora — contei para Sylvia. Estávamos bebendo cerveja e cortando legumes em sua casa, preparando mais um encontro com os jovens gringos, alunos de pós-graduação, que nos faziam sentir mais jovens.

— Você estava de biquíni? — ela perguntou.

Duvido que tenha sido pelo meu biquíni (ainda que não houvesse um único pelo à vista), mas consegui o trabalho na editora, comprando e publicando não ficção estrangeira.

Logo no primeiro dia, constatei que nenhum italiano trabalhava lá. Mas, como adorava ler, dava para aguentar o fato de que o meu destino afetivo não iria se resolver no trabalho.

Chegou o verão e, provavelmente por causa do ar condicionado, Sylvia finalmente aceitou ir à Melt. Mas, na mesma noite, meu filho e eu fomos convidados para o jantar de despedida de um amigo dele. Foi uma sexta-feira, de calor tórrido, no último mês de 2006, quase um ano depois de o meu marido ter ido embora.

Com certeza a festa seria só de mães e filhos. Nenhum italiano à vista.

— Vai acabar cedo — eu disse à Sylvia —, vamos dançar depois.

Mas, após o jantar, eu mesma liguei para cancelar:

— Tem um cara aqui...

O PINTOR

Quando cheguei ao apartamento dos nossos anfitriões, com o meu filho, naquela noite de calor irrespirável, os convidados estavam sentados em cadeiras de praia, num terraço da Urca.

Os jovens desceram para jogar videogame e no terraço tudo estava escuro e sem foco, nosso suor era uma paralisante camada de cola sobre a pele. A Urca é um promontório criado por um aterro em volta do Pão de Açúcar, portal de uma baía com tamanho e forma tão impressionantes, que, reza a lenda, os portugueses pensaram se tratar da foz enorme de um rio, e chamaram a cidade de Rio de Janeiro. Apesar de tudo estar escuro e sem foco, sabíamos que um falso rio, de areia, montanhas, ondas, de perigo, de música e de amor, estava ali por toda a nossa volta.

O homem da minha vida poderia até estar esperando por mim na Melt, mas ele teria que ir para casa, sozinho de novo.

Ou brigar com um *pitboy* por causa de uma garota.

Eu estava usando, por incrível que pareça, uma maternal saia rosa meio *bouffant*, com uma regata azul turquesa. Não comemos bolinhos de bacalhau nem bebemos chope. A bolsa verde estava comigo, sim.

Tomávamos suco, talvez oferecido para dissuadir os meninos de beberem coisas mais fortes — mesmo que estivessem ausentes jogando videogame. Eduardo disse que era pintor; eu, que era escritora. Sentamos a um metro de distância, de frente um para o outro, no escuro.

Ele nunca tinha estudado arte, só fizera um curso ou outro. Não, nunca tinha exibido seu trabalho.

— Você devia! — exclamei, pensando em como fora importante para mim publicar alguns contos.

— Sei — disse ele.

Não sabia onde o meu filho estava exatamente.

— Não consigo te ver porque a luz está atrás de você — comentou Eduardo. — Estou te conhecendo só pela voz.

Nada poderia ser melhor para uma mulher insegura em relação ao seu corpo.

Mas, então, fomos chamados para jantar, os meninos apareceram por um breve intervalo e, apesar de Eduardo agora poder me ver claramente na minha saia, ao estilo de campesina alemã, sob a implacável luz branca da cozinha, ainda assim sentou-se ao meu lado e fez questão de que a sua coxa encostasse na minha.

— Olha, todo mundo se afastou de nós — ele observou, umas duas horas depois, novamente no terraço, enquanto tomávamos mais uma rodada de suco de maracujá. — Parece que somos um casal!

Foi a saia, a bolsa verde ou minha fascinante voz? Será que eu tinha alguma informação de que Eduardo precisava? Era porque ele parecia um George Clooney um tanto careca e gostava de pintar? Ou será que sentar no escuro escaldante de um terraço, diante de uma das paisagens mais lindas da Terra, pode levar duas pessoas a se amarem?

Uma mãe generosa e perceptiva chamou meu filho para dormir na casa dela, e eu o deixei ir — junto com o meu juízo. Atrás do Eduardo, além do parapeito, a baía lambia a costa, minha tranquila cúmplice naquela noite sufocante.

Eduardo, o único homem adulto naquele jantar, não estava empregado no momento, só pintando. À uma da manhã, ofereci uma carona para ele e para uma amiga, também perdida. Eduardo resolveu guardar a bicicleta na casa dos nossos anfitriões, amigos dele. Depois de deixarmos a outra passageira em casa, Eduardo disse:

— Sabe o que estou com vontade de fazer? — Segurei firme o volante. — Dançar.

— Preciso beber água — eu disse, quase sem voz. Paramos em um posto de gasolina e ele saltou para comprar uma garrafinha.

— Estou acima do peso — avisou do nada, ao voltar para o carro.

Fizemos uma parada rápida, para trocar de sapatos, na casa da mãe dele. Eu também teria trocado a roupa rosa e turquesa, mas a minha casa estava longe demais. E o conjunto estava dando resultado.

O Rio é romântico, mas o amor está em toda a geografia brasileira. É um ingrediente da identidade nacional desde que o primeiro português avistou a primeira indígena seminua.

Dizem que foram os nativos dessa terra quente, de águas abundantes, que ensinaram os portugueses suados e cheios de roupas a tomarem banho. Quem sabe se é verdade? Mas os brasileiros, de fato, tomam mais de um banho por dia, especialmente no verão. Nos ônibus, nas academias e até mesmo no calçadão, pode-se sentir um perfume persistente de sabonete e até de colônia. É normal chegar em casa e tomar banho antes de jantar, o que é muito estranho para os gringos. Já ouvi falar de um caso do síndico de um prédio, na Holanda, que multou uma família brasileira por uso abusivo de água.

Talvez seja pela familiaridade com os banhos que os brasileiros desfrutam tanto de seus corpos — e talvez fosse esse o motivo pelo qual Eduardo me avisara do seu sobrepeso.

Assim que trocou de sapatos, fomos até a 00, uma boate com um enorme jardim, onde o nome dele já estava na lista VIP. E era um sobrenome italiano, finalmente, quando menos esperava e ainda por cima vestida com uma saia que lembrava mais as gringas na biblioteca onde Roberto DaMatta estudava do que uma carioca sensual.

Eduardo comprou uma cerveja, e eu logo virei quase todo o conteúdo, como se fosse soro antiofídico para uma mordida de cobra.

Reggae. Na faculdade, ouvia Bob Marley, mas já fazia mais de vinte anos desde a última vez que saíra só para dançar. Com aquela saia, tinha medo de estar parecendo um sapo que fugira do cativeiro. Terminei a cerveja e cuidadosamente coloquei a garrafa em um canto. Mais meia-idade do que isso, impossível.

O pintor parecia estar completamente à vontade, balançando o corpo ao som de algum descendente de Marley.

— Você não é gordo — eu disse, sobre o som daquela música que nunca engrena de verdade. — Pelo menos, eu não consigo ver onde está essa gordura.

Ele agarrou minhas mãos e as enfiou em suas coxas.

E onde eu (quem quer que eu fosse) me enfiava naquele momento? Era para dançar esfregando as minhas mãos nas coxas dele, de um lado para o outro? De cima para baixo? Tirá-las? Sim, as coxas pareciam meio grossas... Mas agora ele estava colocando suas mãos em meu rosto... E me beijando! O que era isso? Meu corpo se retesou, petrificado.

No jardim, nos beijamos até eu ficar sem ar. Sua boca tinha gosto de alho: um pouco enjoativo, mas dava para se acostumar. Desde a crise dos reféns do Irã, em 1979, que eu não beijava assim. Ignorando completamente esse evento fundamental da história contemporânea, me enfiara no banheiro durante uma festa, em companhia do meu futuro ex-marido, e nos beijamos frenética e profundamente.

— Onde está a paixão? — ele me perguntou tantas vezes depois da crise do Irã. Eu não tinha uma resposta. Mas tive três filhos.

Na 00, vinte e seis anos depois, os reféns estavam livres e eu também. Mas passei a noite inteira sem olhar, de fato, para o homem que tinha me escolhido em meio a um harém. Era tão novata no jogo da paquera que só fui olhá-lo de verdade semanas depois. Enquanto estava no trabalho, examinava uma foto que Eduardo me mandara por email. Uma colega passava enquanto eu abria o arquivo e comentou:

— Que gato.

— Você acha? — gaguejei, enrubescendo.

Foi nesse dia que reparei que ele era longilíneo e moreno. O cabelo começava a rarear, mas era uma mistura atraente de negro e prata, complementado por sobrancelhas negras.

— Meu primo! — gritou Eduardo, enquanto estávamos agarrados em um banco do jardim da discoteca. Deu um pulo, e me pegou pela mão para as apresentações. Aquela mão — aqueles dedos finos e longos — era a mão certa. O primo perguntou se Eduardo ainda era vegetariano. Então, quis saber como fazíamos para comer fora, agora que Eduardo não comia nem peixe. Caímos na gargalhada: sim, já parecíamos um casal.

— Acabamos de nos conhecer essa noite — explicou Eduardo, sorrindo para mim.

Então, era verdade: comer e namorar tinha tudo a ver. A lista estava certa.

No caminho até o meu carro, adorei sentir sua mão nas minhas costas. Pediu meu número de telefone. Estava tão balançada que quase passei o do meu ex-marido, muito parecido com o meu.

Não se tratava de um desses caras que não ligam. Na verdade, Eduardo era tudo o que eu nunca experimentara: devotado a mim e ao seu crescimento pessoal, artístico, alto, *sexy* e pobre de um jeito meio classe média carioca.

Quando a capital do Brasil se mudou do Rio de Janeiro para Brasília, em 1960, levou com ela a maioria dos ministérios e agências federais, criando riqueza no setor de construção e dando novas oportunidades para brasileiros de todo o país. Mas os burocratas deixaram para trás milhares de famílias cariocas, de alto nível cultural, cuja sobrevivência sempre tinha estado ligada, direta ou indiretamente, ao governo.

A capital abandonada foi se virando até a década de 1970, quando os generais arquitetaram um *boom* econômico. Os cariocas derrubaram casas para construir prédios, compraram carros e foram para a Europa, enquanto banqueiros norte-americanos emprestavam rios de dinheiro ao país. Mas a crise do petróleo de 1973 acabou com essa festa. Os juros foram às alturas, assim como a dívida externa brasileira.

Consequência: quarenta anos depois, ainda se encontram cozinhas com azulejos laranja.

O Rio se transformou em uma cidade dilapidada, de antigos ministérios e embaixadas, de carros remendados, um lugar onde sempre se dá "um jeitinho". Acabaram os glamourosos anos sessenta, da bossa nova. Sobraram apenas as conexões pessoais e a capacidade de cada um de se defender na medida do possível: o tal "jogo de cintura".

A empobrecida classe média carioca (e os pobres também) se especializou em ir além das aparências, em entender o que acontecia por baixo da superfície e, então, encontrar um ângulo para tirar seu próprio proveito.

Eduardo tinha uma amiga que fizera alguns frilas de marketing para a 00 e colocara seu nome na lista VIP. Eduardo tinha amigos por todo lado. A maioria dos cariocas também.

Meu ex-marido cursara a pós-graduação no exterior como bolsista, mas não fazia parte do grupo de cariocas que, tradicionalmente, tinha ligações com o governo. Trabalhou duro no setor privado e deu certo. Quando nosso casamento terminou, eu dirigia um carro blindado, cujo vidro à prova de balas descia apenas alguns centímetros; e ele, um carro esporte europeu. Para viajar para nossa casa de praia nos fins de semana, usávamos uma Grand Caravan e os meus filhos iam para a escola em um Fiat dirigido por um motorista.

A pobreza de Eduardo, para mim, era admirável, fofa, e até mesmo empolgante. Ele ligava de um telefone celular emprestado pela irmã. Íamos ao cinema numa *scooter*, também de sua irmã. Costurava no trânsito e eu me agarrava, com abandono, às suas costas, respirando o cheiro anônimo da cidade: cebolas refogando, esgoto, flores, fruta podre. Com Eduardo, a vida do Rio — a vida em si — entrava nos meus poros. Eu adorava suas pinturas — encostadas contra a parede do quarto, na casa da mãe. Apesar das cores muito escuras, as texturas eram complexas e envolventes.

Naquele momento, ele fazia aquarelas virtuais e fotografias digitais. Pintura a óleo era muito cara. Eu queria lhe comprar tintas, mas Eduardo estava empolgado com as possibilidades da criação artística através do computador.

Era tudo tão... revolucionário. Até que enfim.

Havia questões logísticas. Ele morava com a mãe; eu, com meu filho e uma empregada. Nesse tipo de situação no Brasil, a primeira ideia que vem à cabeça são os motéis.

Ouvi falar de motéis pela primeira vez no fim da década de 1970, quando vim ao Brasil para estudar Português, muito antes de me casar.

Em uma festa, meu carona quis sair antes de mim e um novo amigo se ofereceu para me deixar em casa mais tarde. Seu apelido era Baby, e uma moça, que ouviu a conversa, me chamou para um canto e avisou:

— Ele dirige feito um louco.

O carro de Baby era um Buggy, o que estava na moda na época.

Naquela noite, estranhamente, Baby dirigia o Buggy mais devagar do que eu poderia ter ido a pé. Na hora que passávamos pela porta de um motel, ele freou:

— Quer entrar?

No dia seguinte, relatei a proposta chocante para duas amigas brasileiras.

— Você não foi? — uma delas perguntou, também chocada, mas por outras razões. — Devia ter ido!

Alguns casados dizem que é divertido, de vez em quando, fazer amor em uma cama redonda, com espelho no teto. No ambiente de trabalho, todo mundo sabe que cabelo molhado, no meio da tarde, quer dizer uma rapidinha no motel na hora do almoço. Pisca-se um olho para o colega.

— Sabe a que horas eu vou ao motel? — Ouvi um cinquentão contar a um amigo na praia de Ipanema, enquanto eu fingia ler um livro. — Sete e meia da manhã. Digo pra minha mulher que estou indo à praia. Aí, ela não desconfia de nada quando chego em casa e vou direto pro chuveiro.

Naturalmente, a mulher em questão também poderia ter seus próprios segredos, talvez até um Ricardão.

Eduardo dizia que todos os motéis fediam a mofo, e tinha razão. Eca.

Várias manhãs, antes do trabalho, encontrava com ele numa padaria, onde me ensinava a comer pão de provolone na chapa, acompanhado por um belo café com leite. Depois do expediente, saíamos de novo, para tomar cerveja no meu carro, estacionado do lado de fora de um bar. Falávamos sobre sonhos e familiares, e de como ele poderia voltar a ganhar a vida. Quando nos beijávamos, sentia que o estava inspirando para dentro de mim, com o alho e tudo. Redescobria os prazeres orais. E, sim, eu estava engordando um pouquinho.

À noite, ficávamos no telefone até meus olhos começarem a fechar.

Um fim de semana, tivemos finalmente uma chance de estarmos sozinhos. Subimos a serra até o chalé do tio de Eduardo, à beira de um riacho gelado, e colocamos lado a lado duas raquíticas camas de solteiro. Havia só um pouco de cheiro de mofo. Fizemos de tudo para ignorá-lo... Se o meu parceiro tivesse feito a mesma pergunta do salão de depilação — "Satisfatório?" —, eu teria respondido sim, sim e sim. Mortos de fome no meio da madrugada, cozinhamos e devoramos arroz integral com cogumelos.

No Brasil, sexo é uma questão de apetite e de satisfação, de dividir a intimidade com outra pessoa sem culpa. Os motéis são uma parte tão normal da vida que até anunciam nas traseiras dos ônibus. O motel Sinless, "onde amar não é pecado", ficava na avenida Niemeyer, a estradinha sinuosa que liga São Conrado ao Leblon e passa pelo hotel Sheraton, muito menos apetitoso.

As três palavras para sexo mais comuns na língua portuguesa não carregam a mesma agressividade ou falta de humanidade quanto as suas equivalentes em inglês: *fuck* e *screw*. São comer; transar — que vem da raiz latina "trans", querendo dizer ir para o outro lado; e trepar, subir, no caso algo como uma árvore.

Em grande parte, são os homens que comem as mulheres, apesar de algumas brasileiras já começarem a falar em comer homens. E o que as mulheres fazem, pelo menos do ponto de vista masculino, é dar: um verbo que, apesar de potencialmente pejorativo, pelo menos é ativo e generoso — algo inédito no vocabulário inglês do sexo. *Fuck*, que teria uma relação etimológica com a palavra "foder", teria suas raízes numa palavra germânica que quer dizer bater.

Um palavrão muito usado pelos brasileiros que, de novo, não tem nada a ver com a dureza da palavra *fuck*, é uma gíria para o sêmen: porra.

Aos ouvidos estrangeiros, o português, na sua admirável imprecisão, nos dá o verbo namorar, que confunde os gringos tanto quanto a noção brasileira de tempo.

Namorar, com a raiz latina de amor no meio, abrange qualquer coisa entre fazer contato visual, beijar e transar.

Juntando namorado com marido, cria-se uma nova palavra, "namorido" — que significa, na prática, morar com o namorado — e, talvez, ter que lavar e cozinhar para ele. Para os gringos, é uma novidade saber que muitos brasileiros nunca se casam no papel, já que quatro anos de coabitação garantem aos cônjuges os mesmos direitos e deveres de um casal tradicionalmente casado. Nos surpreende ver os casais que simplesmente compram anéis ou dão uma festa para celebrar um casamento que ninguém formalizou. Mas é tudo parte da relaxada cultura brasileira. Relaxada e realista — afinal, hoje em dia, um em quatro casamentos acaba em divórcio.

Adorei pensar no Eduardo como namorado, em vez de *boyfriend*, como dizemos em inglês, e que significa, literalmente, rapaz amigo. Meu novo namorado era aberto de coração e cabeça: um carioca de verdade, feliz em compartilhar a sua cidade. Apertava os olhos para ler e emprestei para ele meus óculos de leitura, até que comprasse um par. Ao entrar no meu carro, de boné, para esconder a calvície e realçar a relativa juventude, Eduardo levantava minha saia para ver a calcinha. Há muito tempo ninguém gostava tanto de mim.

Na cama, Eduardo era uma amálgama provocante, e por vezes desesperadora, de criatividade e desinteresse. Descobriu, antes de mim, que eu gostava de ser dominada: segurava os meus pulsos acima da cabeça e me prendia debaixo dele. Para uma gringa que cresceu na década de 1970, para quem ser "objeto sexual" fora o pior de todos os tabus, era uma verdadeira revolução.

Ele me mantinha em um estado perpétuo de tesão. Uma vez, depois de algumas cervejas em um bar, saímos para a rua. Encostei no meu carro para conversar mais um pouco antes de nos despedirmos. Ele me beijou, pressionando o seu corpo contra o meu. Senti o desejo dele, e o meu também. Mas meu filho estava em casa, Eduardo tinha prometido para a mãe que nunca levaria uma mulher para o apartamento dela, e ainda tínhamos o problema do mofo nos motéis.

Não conseguia parar de beijá-lo.

No cinema — que frequentávamos todo fim de semana —, eu comprava os ingressos e a pipoca, e ele me beijava enquanto eu comia, babando toda a minha boca.

Meus lábios estavam cronicamente rachados. E ele era mais jovem, sete anos mais jovem! Eu, ao contrário dos motéis, não estava mofada. E não ligava mais para o bafo de alho.

Passamos uma noite de êxtase em um cheiroso quarto de hotel para executivos, que Eduardo conseguiu achar com desconto. Dessa vez, ele tinha a energia da hidroelétrica de Itaipu, e eu acendi todos meus quilowatts.

— Você está com uma cara tão relaxada — ele disse depois.

Eu me olhei no espelho do banheiro. Será que já ficara assim alguma vez na vida?

— Vamos nos casar, você não acha? — perguntou Eduardo, enquanto andávamos do meu carro para um bar de rua.

Nenhum homem tinha me pedido em casamento. Nem mesmo o meu ex-marido. A espontaneidade de Eduardo fazia a nossa união parecer tão inevitável como ficar ensopada pela chuva do verão carioca — e era muito mais romântico do que ver um cara ajoelhar, empunhando uma caixa com anel.

Em março, fui para a Feira do Livro de Londres, onde morri de saudades de Eduardo e adorei não precisar mais fazer compras em *Bond Street* para o meu ex. Senti uma liberdade enorme ao pousar no Rio: sonolenta, empurrei o carrinho de bagagem, indiferente ao *free shop*, onde sempre atendera os pedidos do meu ex-marido para comprar uma caixa de bebida.

Estava começando a procurar um apartamento. Eduardo ajudou, porque dispunha de bastante tempo livre.

Talvez ele gostasse de ser sustentado. Algumas vezes, quando me buscava no trabalho no meu carro — que usara durante o dia —, ele trazia um lanche delicioso e saudável em um pequeno recipiente de plástico.

Fazíamos programas simples e baratos, como andar no Jardim Botânico. Torcia para Eduardo me agarrar e, ao contrário do que fizera naquela primeira noite, colocar as mãos *dele* em minhas coxas. Mas, na maior parte do tempo, olhávamos as plantas e ouvíamos os pássaros.

Uma vez, na cama, eu disse "Te amo" e "Você é o homem da minha vida".

A irmã de Eduardo, a dona da *scooter* e do celular, tinha um emprego bom e dirigia um carro enorme. Quando surgia uma briga entre os dois, Eduardo ficava restrito à bicicleta dele e ao telefone fixo da mãe. Nos dias em que não tinha nem *scooter* nem celular,

Eduardo caía em depressão e precisava que eu lhe comprasse baldes de sorvete Häagen-Dazs. Apesar das minhas muitas sugestões, feitas no carro enquanto bebíamos cerveja, ele não conseguia se organizar para conhecer curadores de arte nem donos de galerias.

Assim como o meu desejo, seu trabalho ia ficando empilhado contra a parede.

Em um feriadão, meu filho viajou e, por fim, pudemos dormir juntos na minha casa. Mas, na sexta-feira, Eduardo passou por cima da calçada com a *scooter* e levou uma multa que não tinha como pagar. Não, o guarda não queria aulas de desenho em troca de anular a multa.

Convidamos alguns amigos para almoçar em casa no domingo. Eduardo se estressou na cozinha e precisou de mais Häagen-Dazs.

Tanto na sexta como no sábado, preferiu dormir a transar. E reparei, pela primeira vez, no peso extra que ele dizia estar carregando.

Depois do almoço, o levei para a casa da mãe. De repente, não me importava que ele jamais voltasse a levantar a minha saia para ver a calcinha. Não iria me tornar em aviãozinho de viciado em sorvete.

— Não sei se quero continuar saindo com você — falei, de supetão, enquanto ele saía do carro.

Ficou furioso.

Senti muito tê-lo usado daquele jeito, mas, sinceramente, pensei que fosse possível me apaixonar de novo menos de um ano depois de terminar um casamento com um quarto de século.

Nem tinha mais certeza se estivera mesmo apaixonada por Eduardo. Minha desculpa era a ignorância. Nunca tinha ouvido falar do termo *rebound relationship*, bastante usado em inglês, e que quer dizer um relacionamento de rebote, de recuperação, para curar feridas, mas que jamais leva a lado algum.

Eduardo me ajudou a ficar bem comigo mesma, em parte por ser uma pessoa boa e carinhosa, mas também porque compartilhávamos a mesma dificuldade: fazer a vida andar para a frente. Nisso, éramos um casal perfeito. Pensei que nos ajudaríamos um ao outro e, por um tempo, foi assim. Podia-se dizer que Eduardo era uma encarnação brasileira do meu rebelde amante colombiano, aquele para quem fiz espaguete com chilis, no México, mas, convenhamos, ele ainda morava com a mãe.

Durante nossos cinco meses, Eduardo foi um homem bonito, afetuoso e muito, muito *sexy*.

Com ele, aprendi a respirar fundo, a caminhar direito, de peito aberto — e a confiar nos outros deixando a dor para trás.

Segundo a minha fisioterapeuta, a informação que Eduardo procurava era uma confirmação da sua habilidade artística — sim, posso dizer que é um bom artista.

Aí veio um deserto emocional. Cuidei do trabalho e do meu filho, e voltei a sair com Sylvia, que, durante os cinco meses em que sumi de sua vida, fora compreensiva. Eu pensava frequentemente em Eduardo e me perguntava se tinha sido muito idiota. Ainda me pergunto.

Cinco meses. Quanto dá isso em anos de cachorro?

O CORRETOR IMOBILIÁRIO

Ficar parada nas esquinas de Ipanema à espera de perguntas não deu grandes resultados. Mas quando terminei com o Eduardo, o pintor, estava pronta para sair da minha casa superdimensionada, onde permanecera após a separação, para um apartamento em Ipanema. Sylvia morava nesse bairro e concordávamos que era a parte mais irada do Rio, ainda que nenhuma de nós duas tivesse usado exatamente essa palavra. De um lado de Ipanema ficava o Leblon, onde a população era mais velha, porque os apartamentos mais caros exigiam mais anos de êxito financeiro. Do outro lado ficava Copacabana, onde a população era mais velha porque não tinha dinheiro para morar em outro bairro da Zona Sul. Tudo isso começou a mudar em 2009, quando o Rio foi escolhido para sediar os Jogos Olímpicos de 2016. Agora, tudo está caro.

Para me encontrar com um corretor imobiliário, fui de carro para o animado bairro de Ipanema. Estava começando a reparar nos homens: ele usava um tênis italiano, era musculoso, tinha um sorriso sacana e espessos cabelos indomáveis.

— Por que não vamos no meu carro? — sugeriu.

Entrei, coloquei o cinto de segurança e me reclinei como uma rainha. Desde a minha separação, tirando os motoristas de táxi, era a primeira vez que um homem me levava no seu carro a qualquer lugar. Mesmo que uma aliança indicasse a sua indisponibilidade, me senti uma rainha.

Só quando ele me deu seu cartão, depois do terceiro apartamento lúgubre (cada um era habitado por uma velha mais triste do que a anterior, visões apavorantes de um futuro possível), me dei conta de que o corretor, Moisés Nachmann, era judeu.

Meu ex não era judeu. A separação permitiu o resgate das minhas velhas fantasias de casar de vestido branco e, na festa, ser jogada de um lado para outro, sentada em uma cadeira como manda a tradição.

— Também sou judia — disse, sorrindo, e então corei de vergonha antes de confessar minha ideia. — Talvez, além de encontrar um apartamento para mim, você também pudesse encontrar um marido!

Alguns dias depois, ele me ligou:

— Você estava falando sério sobre procurar um marido? Porque eu tenho um candidato.

David Cohen me contou tudo sobre a sua habilidade na quadra de futebol, como se falar do passado pudesse compensar o fato de ele ser um homem barrigudo, em forma de pera, perigosamente na casa dos setenta anos. Por fim, estava pronto para casar, disse David. Não perguntei se a decisão tinha algo a ver com a morte recente da sua mãe, aos noventa anos de idade.

— Meu pai faleceu quando eu tinha catorze e minha mãe, um mulher bonita, realmente lindíssima, trabalhou duro para nos criar. Ela nunca se casou de novo — disse, reverentemente, enquanto tomávamos um drinque de apresentação.

— Gosto muito de você — ele disse, mais tarde, ao se despedir.

No dia seguinte, Moisés, o corretor imobiliário, ligou para saber do encontro.

— Bem, não sei, mas acho que preciso de alguém... mais jovem.

Mudando de assunto, marcamos outra rodada de apartamentos.

— Então, você não gostou do David — ele disse, logo antes de desligar. — Talvez eu seja um melhor candidato.

Gargalhei.

— Você já é comprometido.

Algumas semanas depois, David ligou. Pensei em dizer não a qualquer convite. Mas ele começou a falar de curas e de medicina alternativa, e me ocorreu que talvez não tivesse lhe dado uma chance de verdade. Talvez David tivesse uma mente aberta, curiosa. Além disso, me convidou para jantar em um de meus restaurantes favoritos.

Comemos antepasto, pão, massa, bebemos Prosecco, vinho. Quando chegamos no prato de carne, David percebeu que, até então, dominara a conversa — com histórias muito interessantes sobre os seus dias de importador de café em Paris — e pediu que eu falasse. Abri a boca para respirar e responder, pensando — "Que delícia, começar do zero, o que contar primeiro?" —, quando ele me interrompeu:

— O que você acha de mim?

Para os cinquentões, um beijo poder carregar o mesmo significado que tinha na adolescência — mesmo (especialmente?) para quem passou décadas só dando estalinhos aqui e ali em seu marido. Mais ainda para quem está carente, como dizem os brasileiros, uma palavra que em português descreve muito mais do que seu equivalente inglês, *needy* — cujo significado é menos romântico e advém do verbo *to need*, ou seja, necessitar algo. Ao carente faltam cuidado e amor. E calor. E sexo.

Apesar da minha carência, mais tarde, no carro, me esgueirei para longe de David.

A nova rodada de apartamentos com Moisés foi tão terrível quanto a anterior. No primeiro endereço, chegamos mais cedo e ficamos esperando na calçada pelo proprietário. Moisés estava de camisa social, fora da calça jeans, mangas dobradas.

Em 2002, ladrões enfiaram uma arma na minha cara e me fizeram descer do carro para roubá-lo. Mais tarde, na delegacia, me dei conta de que jeans e camisa social para fora da calça eram o uniforme padrão dos policiais à paisana. Sei bem que o objetivo dessa escolha de roupas era esconder tanto a pança como a arma, mas a camisa social de colarinho aberto, ainda assim, me dava ganas de enfiar a mão pela gola e brincar com aqueles pelos, sentir aqueles músculos.

Na época do assalto, é preciso dizer, eu ainda era casada.

Enquanto esperei pelo proprietário, ao lado de Moisés, com aquele "uniforme" atraente, falei do jantar com David.

— Um homem precisa saber ouvir. Ao menos, um pouquinho.

— Ele tem muito dinheiro e quer gastá-lo com alguém — respondeu Moisés.

— Essa é a história da minha vida.

Vendo apartamentos tão feios como aqueles que tínhamos visitado, abrimos torneiras rangentes e inspecionamos cozinhas com azulejos laranja. Pensava, de novo, na pergunta do meu amigo Jim — "O que você quer?". Será que estava cometendo o erro de procurar um homem a partir daquilo que eu não queria, ao invés de buscar pelo que, de fato, desejava?

E como definir isso?

Onde morar? De que jeito? Será que estava na hora de voltar para os Estados Unidos e pegar o caminho menos trilhado, conforme a recomendação do famoso poeta norte-americano Robert Frost? Ele se referia aos caminhos menos usuais, como aquele que escolhi quando vim para o Brasil. Com mais de cinquenta anos, a novidade, para mim, teria de ser a estrada que os outros consideravam normal — uma vida tipicamente norte-americana.

No prédio seguinte, subimos pela escada até o lobby, Moisés atrás de mim.

— Onde você malha? — perguntou, depois de entrarmos no elevador, apoiando-se no espelho. Ele tinha covinhas na cara. Talvez o que eu desejava fosse, simplesmente, que alguém me apreciasse.

O terceiro apartamento estava vazio. Moisés abriu a porta com a chave que os proprietários haviam deixado com o porteiro. Um duplex de quatro quartos. No andar de cima, no topo de uma escada em espiral, estava um terraço com piscina, churrasqueira, sauna e escritório. Contudo, logo que percebi a vista perfeita da favela, todas as mordomias perderam importância.

— Acha que uma bala chega até aqui? — perguntei, pensando nos frequentes tiroteios entre traficantes, e também entre eles e a polícia corrupta do Rio, seus costumeiros parceiros de negócios.

Moisés desfilou pela cobertura com seu jeans, camisa social e tênis italiano, olhando em todas as direções. Havia também uma vista fabulosa da praia de Copacabana, em sua clássica forma de meia lua.

— Sim, um AR-16 chega até aqui — ele finalmente respondeu. — Mas é só colocar um vidro blindado, com algumas plantas para camuflar.

— Tá brincando! — gritei.

Os outros apartamentos que havíamos visto remetiam à solidão, ao fracasso, à decepção, à morte. Em um deles, uma mulher de cem anos de idade se agarrava à mesa da cozinha como se fosse a própria vida, cercada por livros sobre Proust em toda parte.

Já o apartamento que visitávamos, ao alcance das balas, equipado de piscina e vistas deslumbrantes, me fez pensar na família que abandonara seu lar com medo e com o investimento perdido, tudo por causa das desigualdades e da violência do Brasil. Para onde teriam ido?

A sauna e a churrasqueira, vazias, não davam pistas.

— Você não gosta de viver perigosamente? — Moisés foi me guiando ao descermos a escada em espiral, sua mão naquele ponto hipersensível das minhas costas.

— Não sei se preciso de um apartamento tão grande — disse a ele no carro. — Só um dos meus filhos mora comigo. Mas queria ter espaço para todos eles. Não sei.

Voltando à imobiliária, paramos em um sinal fechado:

— Você poderia alugar até ter uma ideia melhor de suas verdadeiras necessidades — disse ele, esticando a última palavra, e daí abruptamente mudando de assunto: — Janta comigo?

— Não — respondi. — Você deveria dar mais atenção à sua esposa.

— Podemos almoçar. — Colocou o carro em marcha e o sinal abriu.

— Preciso de um namorado, não de um amante. Quer dizer, um namorado que também seja um amante.

— Você precisa de alguém que te faça sentir bonita, atraente, jovem. — Depois de trocar a marcha, sua mão deslizou para a minha coxa.

Eu a devolvi ao seu devido lugar. Talvez essa fosse, afinal, a razão pela qual os motoristas cariocas raramente davam passagem para as ambulâncias.

— Tive um namorado por um tempo, sabia?

— E ele te tratava bem?

— Sim! Era doce e carinhoso.

— Quem sabe você precise de alguém que te maltrate.

Meu coração fez um estrondo.

Em seguida, Moisés virou em uma rua à esquerda a partir da pista da direita, uma manobra perfeitamente normal no Rio de Janeiro.

Em frente à imobiliária, parou seu carro ao lado do meu. Pensei nas fotos dos seus lindos filhos em sua mesa de trabalho.

— Me dá um beijo.

Como uma rainha, me aproximei e o premiei com um beijinho em cada bochecha. Ele passou os lábios em minha orelha. Senti calafrios.

— Um beijo de verdade — exigiu.

— Não. Você é perigoso demais. Tchau. — Abri a porta de qualquer jeito e saí, meu rosto esquentando. Meu corpo todo também.

— Perigoso? — ele perguntou.

Olhei para ele e sorri.

CASTELOS DE AREIA

Jim voltou à cidade a trabalho e, mais uma vez, comungamos com ostras e espumantes. Ele não estava mais usando a aliança. Animadamente, perguntou sobre o novo apartamento.

— Aquela sua casa sempre me pareceu um *bunker* de concreto — comentou. — Com tanto espaço, vocês mal deviam se ver.

— Verdade — confessei. — Eu costumava chamar as crianças pelo interfone para jantar. Até enviávamos emails uns aos outros, mesmo estando todos em casa.

Jim observou que, apesar de eu querer espaço para os três filhos, logo eles seriam independentes. Por quanto tempo precisaria de tantos quartos? Minha filha já estava até morando nos Estados Unidos.

Conferi a seção de aluguel dos classificados. Fui visitar o primeiro que encontrei; era perfeito. A um quarteirão e meio do mar, na mesma rua do hotel de cinco estrelas Caesar Park, com vista para a praia e também para o Cristo.

Moisés já estava fora da jogada.

Antes da mudança, arrastei o meu caçula para as duas academias de musculação mais badaladas de Ipanema. Na primeira, eu o deixei envergonhadíssimo ao perguntar a que horas os gatos malhavam. Fiz a matrícula para ambos na segunda academia que visitamos.

Outro lugar para se fazer um exame minucioso dos homens no meu bairro novo era, naturalmente, a praia. Mas, tirando a vez em que quase me afoguei, nunca consegui sacar como se começa uma conversa na areia — embora ali se encontrem dezenas de homens e mulheres, cara a cara, corpo a corpo, dispostos a uma troca. Os vendedores passam por entre os adoradores do sol, expondo óculos escuros, bijuterias, filtro solar, biscoitos, chapéus, biquínis, sorvetes, bolsas, cerveja, água e baseados como se fossem oferendas religiosas. E, como todos os pregadores, produzem uma quantidade absurda de barulho. Alguns usam até megafones a pilhas e param para apresentar shows com *jingles*, para vender seus sacolés. Um deles vende produtos libaneses, vestido de xeique árabe.

Também existem mesas de massagem aqui e ali, mas infelizmente nenhuma oferece massagens sensuais nos pés como a que testemunhei.

Um homem na areia, contudo, pode se deparar com a possibilidade de comprar serviços femininos. A prostituição não é ilegal no Brasil — só a cafetinagem e o *topless*. Com a pouca vigilância policial naquele tempo, ambas as atividades ocupavam as praias do Rio. O cafetão era o homem com álbuns de fotos de mulheres.

Um dia, bem em frente ao Caesar Park, vi uma jovem negra, magra e com corpo proporcional, de *topless*, brincando com uma bola de praia, na companhia de outra moça. As duas, aparentemente, não tinham boa pontaria, e a bola acabava sempre caindo no colo de um ou outro turista italiano, forçando a moça, de pele cor de chocolate e de seios perfeitamente cônicos, a se inclinar vagarosamente para buscá-la. Não sei por que, mas os italianos pareciam nem se importar.

Naturalmente, como o *topless* é permitido na Europa, eles não faziam ideia de quão inusitado era uma mulher estar de *topless* em uma praia brasileira. Como o Brasil é famoso pelos seios de fora durante o carnaval e pelos biquínis minúsculos nas praias, os estrangeiros já partem do princípio que é normal mostrar o corpo a qualquer hora em qualquer lugar.

Mas, para os brasileiros, a questão é geográfica. Biquínis são para a praia. *Topless* para o desfile de carnaval. Ponto. Indo ou vindo da areia, usa-se uma canga ou saída de praia. Para dançar, seja samba, funk ou rock, pode-se certamente exibir pernas, braços, barriga e decote. Seios e bunda por completo, não, senhor.

Essa é apenas uma das muitas contradições brasileiras. Talvez a explicação para algumas delas esteja na singular história das relações raciais no Brasil.

Os brasileiros descendem, em grande parte, de casais cujos integrantes eram bem diferentes uns dos outros: aventureiros e fazendeiros europeus; e mulheres indígenas e escravas do litoral africano.

A escravidão brasileira não evoluiu para a segregação oficial, como a norte-americana, com sua lógica de "separados, porém iguais". No Sul dos Estados Unidos, até os anos 1960, havia escolas públicas para negros e outras para brancos. As duas raças também não se sentavam juntas nos ônibus, nem nas lanchonetes; e tomavam água de bebedouros separados. Para que tal sistema funcionasse, muitos americanos enxergavam apenas duas cores ao olhar a pele de uma pessoa que não fosse indígena: branco ou negro, sem meios-termos.

O Brasil tem uma história menos institucionalizada. Mesmo assim, por causa da desigualdade social e econômica, existe uma separação que mantém os pobres, a grande maioria de pele mais escura, nas favelas. No Brasil, ao contrário dos EUA, houve também intimidade e flexibilidade entre pessoas de pele de tons diferentes. Mas a verdade é que, em geral, as pessoas mais escuras continuam a servir, cozinhar, limpar e cuidar de crianças nas casas das pessoas de pele mais clara. E, através dessa convivência diária, diferente da segregação norte-americana, os brasileiros, tão desiguais, foram aprendendo e emprestando coisas uns dos outros todos os dias.

Durante séculos, as mulheres brancas levaram uma vida de privilégio, mas sem poder sair de casa desacompanhadas. As negras e mulatas trabalhavam, fosse como escravas ou autônomas, tendo assim a oportunidade de falar e de se relacionar com homens fora de casa. Foi a minha amiga, a professora de comunicação Liv Sovik, autora de *Aqui ninguém é branco*, que apontou isso para mim, e que me instigou a pensar sobre as diferenças raciais no Brasil.

A gama de experiências femininas, diz ela, deve ter contribuído para uma série de comportamentos e soluções para as questões do dia a dia. E pode ser que, através da convivência, houvesse certa troca de ideias — levando a misturas, empréstimos e aparentes contradições (como a aceitação do *topless* no desfile de Carnaval e a proibição do *topless* na praia).

É parte do que faz o Brasil tão singular e atraente, apesar de seu abismo social. Nos anos 1980, fiz uma reportagem para uma revista de publicidade norte-americana, sobre uma transexual que aparecia em anúncios para uma linha de armários embutidos. Naquela época, o trocadilho — "sair do armário" — ainda não funcionava em português, mas o comercial dizia que as aparências podiam enganar — e que a marca oferecia produtos de qualidade verdadeira.

Escrevi toda a matéria me referindo à Roberta Close como "ela" e mandei por telex para Chicago. O editor me ligou.

— Ele fez cirurgia?

— Não — respondi —, mas está pensando nisso.

O editor mudou todos os pronomes para "ele" e "dele". Pelo jeito, eu tinha sido contaminada pelos nativos. Claro que Roberta Close era biologicamente um homem — embora mais tarde tenha feito a operação e se casado com um suíço. Mas Roberta Close tinha até posado nua para a revista *Playboy*, em uma das edições mais vendidas da década de 1980. Se ele queria ser mulher, os brasileiros — e estamos falando de milhares de homens heterossexuais que, de repente, e como que por magia, babavam de desejo — não se incomodavam de olhá-lo como mulher.

Para quem chega de fora, é um alívio poder deixar os rótulos para trás: os preconceitos se dissipam e o forasteiro ganha a oportunidade de descobrir a sua verdadeira natureza. A poeta Elizabeth Bishop, lésbica, veio para o Brasil nos anos 1950 e, por quinze anos, morou com uma brasileira. Em cartas dirigidas aos amigos, falava do conforto de viver em um ambiente menos rigoroso.

Os brasileiros não costumam ser muito liberais em relação à homossexualidade. Apesar disso, tendem a aceitar as pessoas como se apresentam — especialmente se têm amigos importantes, como foi o caso da companheira de Bishop, Lota Macedo Soares, autora do projeto do Aterro do Flamengo. Bishop acabou por ganhar prestígio próprio ao receber o prêmio Pulitzer de 1956.

Sexo e raça estão intimamente ligados no Brasil, para os estrangeiros a terra da sensual mulata. Como a minha amiga Liv me lembrou, a *top model* Gisele Bündchen é brasileira, mas não é mulata. Será que ela emana (para as cabeças dos gringos) a mesma aura sensual, invisível e irresistível, como se fosse mulata? Será que ela é tão bem sucedida justamente por ser branca?

Não conseguia pensar na praia como uma boate ou um coquetel — por isso, até hoje, não sei começar uma conversa com um potencial massagista de pés.

Para mim, chegar à praia era como entrar num restaurante, de empregados solícitos. Com a diferença de que o *maître* estava de short e camiseta.

— Cadeira, barraca?

Assim que me arrumava um lugar bom entre os guarda-sóis, ele me deixava confortavelmente sentada na sombra, e perguntava se queria uma água de coco ou outra bebida. Essas tendas na areia, logo depois das quadras de vôlei, eram bares improvisados, onde homens eternamente bronzeados gelavam cervejas e faziam caipirinhas — mantendo a conta em aberto. Quando pedia uma lata de cerveja, ela chegava dentro de uma proteção de isopor.

Nos dias de calor infernal, meu sonho era poder ligar e fazer reserva, como se a praia fosse, de fato, um restaurante, porque as cadeiras e as barracas se esgotavam rapidamente.

Arrastando-me pela areia escaldante, procurando alguém em vias de devolver uma barraca, quase desmaiava de insolação.

Nessa época, o armazenamento das barracas e cadeiras em dias de chuva e à noite era algo espontâneo e duvidoso, um exemplo perfeito da tendência brasileira para ocupar o espaço disponível.

Ouvi essa expressão — "ocupar o espaço" —, pela primeira vez, da boca de uma amiga norte-americana que fez autoescola em São Paulo. O mantra do professor era que ela tinha que "ocupar o espaço".

E é isso mesmo que fazem os restaurantes com as mesas nas calçadas, os donos de coberturas no topo dos prédios, os políticos onde quer que estejam, e todos aqueles que diariamente furam as filas. A ideia em geral é ir em frente até não poder mais. E daí, continuar mais um pouco.

Naquela época, as cadeiras e barracas eram guardadas em kombis enferrujadas e que jamais abandonavam as vagas de estacionamento ao longo da praia de Ipanema, embora por lei pudessem ficar ali apenas duas horas. Sempre que um novo prefeito tomava posse, a cidade passava por uma epidemia de carros rebocados — em geral, bem passageira. Então, em 2009, Eduardo Paes rebocou tantas kombis enferrujadas que elas acabaram saindo da avenida, e começaram a estacionar nas ruas de dentro.

Até o enérgico e determinado Paes ser eleito em 2008, as próprias vagas de estacionamento vazias eram objeto de negociações diárias, um processo tão ritualizado e previsível quanto uma depilação de instituto.

Primeiro, o motorista piscava o farol ou buzinava para chamar a atenção do flanelinha. Gesticulando, esse indicava se o cliente estava sem sorte (juntando quatro dedos com o polegar, palma para cima, para dizer lotado — como também fazem os taxistas cariocas), ou, caso contrário, ajudava o motorista a manobrar para dentro da vaga — embora ele, provavelmente, nem tivesse carteira de motorista. Tal ajuda consistia em gestos pelo retrovisor e, por fim, dois tapinhas no porta-malas para sinalizar sucesso da missão.

"Deixa solto" era a instrução culminante.

Adorava ouvir esse "deixa solto". Deveríamos todos deixar tudo solto. É o que faz o carioca, que tem orgulho de manter as opções em aberto pelo máximo de tempo possível. Afinal, ninguém quer seus ativos imobilizados.

É exatamente isso que os flanelinhas evitam, com o "deixa solto" — o que é impossível na Gringolândia, onde quase todos os carros são automáticos e por consequência, irremovíveis. Coitados dos gringos, que, se tivessem a ajuda dos flanelinhas e carros com câmbio manual, teriam estacionamentos muito mais produtivos.

É difícil saber se o motivo para os longos anos desse jeitinho carioca de estacionar é a falta crônica de vagas na Zona Sul ou se é a falta crônica de transporte público eficiente. E é difícil saber se os flanelinhas e os gestos pelo retrovisor aconteciam porque a Câmara de Vereadores estava ocupada demais, entregando medalhas e mudando nomes de ruas. E o motivo disso...?

Deixa para lá. Vamos à praia.

PECADO À FLOR DA PELE

Durante o meu casamento, costumava ficar em casa, ajudando os meus filhos, administrando o lar, escrevendo ficção e presenteando micos com bananas. Depois, após a separação e a mudança, passei a trabalhar, a pegar jacaré, a tomar cerveja e a comer bolinhos de bacalhau e a frequentar bares, restaurantes e livrarias perto do meu apartamento.

Finalmente livre da minha torre de marfim, comecei a conhecer essa cidade que ocupa uma área maior do que Nova York. O Rio inclui vilas de pescadores, condomínios fechados de grama bem aparada e favelas construídas em aterros sanitários. A maior parte da cidade, de fato, se parece com qualquer metrópole latino-americana, mas a Zona Sul é uma Paris tropical. Praias e montanhas fazem contraste com butiques de grife, bares de sucos e cafés com mesas nas calçadas. Para qualquer lado que se olhe há o verde, o morro de pedra nua, talvez com o Cristo no topo ou uma onda em movimento.

O meu novo endereço ficava a um quarteirão da praia, e a sete da lagoa Rodrigo de Freitas, onde, em um dia de inverno, descobri um grupo se preparando, no sol oblíquo, para um campeonato de *wakeboard*. A água era poluída e sabe Deus por que as pessoas suportavam esse estado de coisas ou por que não se acabava de vez com os canos de esgoto clandestinos. Mas, ainda assim, quanta era a diversão quase na minha porta! Em todo o seu entorno, a lagoa é margeada por uma ciclovia de 7,8 quilômetros.

Nos dias de semana, pela manhã, eu corria à volta da Lagoa. Via pais deixando os filhos, de roupinhas listradas de marinheiro, na creche do Clube Naval e, depois, contemplava um bando de garças levantando voo, enquanto o sol irrompia no topo do morro do lado oposto da lagoa. Remadores altos e magros cruzavam a rua, em frente ao Clube de Regatas Vasco da Gama, carregando barcos longos e finos; me abaixava ao passar por eles, correndo. Funcionários municipais recolhiam ervas daninhas e podavam a vegetação remanescente de um mangue. Um ciclista parava para alimentar os patos. Uma pancada de chuva atravessava os morros a caminho do mar. Certos dias, as fragatas surfavam nas térmicas, espiralando pelo céu. Por que faziam isso?, me perguntava.

— Para se divertir — me disse, certa vez, uma observadora de pássaros local.

Queria que a minha vida fosse assim.

No trajeto entre o Clube de Regatas do Flamengo e o Clube Caiçaras, os mesmos remadores deslizavam sobre as águas brilhantes, emoldurados por frondosos flamboyants.

Acima de tudo isso, o Cristo Redentor, de braços abertos, como se prestes a me abraçar. Na verdade, ele estava virado para o outro lado, mas, tomada pela euforia da corrida, eu poderia acreditar que o Cristo tinha jogo de cintura e se viraria só para mim.

Todo Natal, um banco manda levantar uma estrutura metálica, em forma de árvore, numa plataforma flutuante na Lagoa. Por várias semanas, à noite, acende-se engenhosamente a árvore, com desenhos de água e luzes coloridas em movimento. Tudo isso atrai famílias inteiras, que viram clientes de vendedores de pipoca e guloseimas e comidinhas e tudo o mais que se possa imaginar.

Que vida mais protegida eu tivera até então. Cariocas que moravam em casas grandes, cercados de vegetação exuberante e muros altos, contavam com carros blindados guiados por motoristas; levavam consigo a "carteira para o ladrão"; preocupavam-se com sequestros e com o dia em que os favelados resolvessem descer o morro. Iam à praia em ilhas remotas. Havia mais chance de eles passearem nas ruas de Nova York e Paris do que na Lapa.

É claro que Ipanema, onde se encontram as butiques mais caras do Rio, oferece um verdadeiro exército de seguranças de terno e gravata, cada homem do tamanho de um armário, a maioria negra, quase um por cada esquina. Mas foi na época em que eu e meu filho fomos morar em Ipanema, em junho de 2006, que a economia brasileira começou a esquentar. Uma das consequências: um número crescente de restaurantes ousava colocar mesas nas calçadas. Até então, os melhores restaurantes eram abrigos refrigerados, sem janelas, protegidos dos mendigos de rua. Havia um medo generalizado de roubos nas calçadas.

Mas, com as mudanças na cidade, passou a ser até possível andar pela rua falando no telefone sem medo que alguém o roube de sua mão.

Por fim, todo mundo tinha celular, até os moradores de favela. A maioria deles nunca tivera telefone fixo. Até a privatização das telecomunicações, na década de 1990, era comum ter que pagar até três ou quatro mil dólares por uma linha fixa, e poucos tinham esse dinheiro para gastar.

Além disso, porque muitas vezes viviam em terras públicas e intransferíveis, os moradores de favela não dispunham de escritura de seus imóveis. Dependiam de conexões clandestinas de água, esgoto, eletricidade e TV a cabo.

Em outras palavras, a própria existência dessas pessoas era pouco lembrada por aqueles que não moravam em favelas, a não ser quando precisavam de uma empregada ou temiam um assalto. Até os anos 1980, as favelas do Rio de Janeiro eram espaços em branco nos mapas oficiais da cidade.

Vale a pena ressaltar que, na verdade, o bairro todo de Ipanema era um mundo fechado, protegido.

Em 2001, um governador decidiu que Ramos, um bairro pobre da Zona Norte, deveria ter uma praia. Criou uma piscina artificial de água salgada, numa área com vinte e seis mil metros quadrados, bem ao lado de uma praia natural, porém imprópria para o banho, no fundo da poluída baía de Guanabara.

Mas o governador esqueceu os coliformes fecais. Em um dia típico de verão, a piscina recebia entre trinta e sessenta mil visitantes. Simplesmente não havia banheiros suficientes. Para piorar, traficantes locais proibiam sungas e biquínis vermelhos. Era a cor de uma gangue rival. Em algumas ocasiões, banhistas foram baleados a caminho de casa.

Em 2006, esse tipo de coisa não costumava acontecer no meu novo bairro e os crimes violentos eram uma exceção. Tal como aconteceu numa manhã de uma quarta-feira, em 2009, quando um homem foi baleado e morto por um pistoleiro em uma moto sem placa, enquanto falava ao telefone e caminhava para a academia — a mesma na qual eu decidira não me matricular, bem em frente à sorveteria perto da minha casa. "Tinha tanto sangue!", contou meu porteiro, quando cheguei em casa de noite, após o trabalho. A vítima estava supostamente envolvida no comércio ilegal de caça-níqueis, movimentado por bicheiros, financiadores tradicionais e ilegais das escolas de samba. A explicação fez com que todo mundo se sentisse menos inseguro.

Quando eu e o meu filho mudamos para Ipanema, aquela parte da cidade começava a ganhar estabelecimentos transados, atendendo a uma invasão crescente de turistas e de jovens cariocas viajados.

Naquela época, as áreas "boas" de Ipanema eram aquelas mais longe das favelas. Uma parte do bairro, bem perto de duas favelas, tinha seus dias ruins, com balas perdidas, assaltos e perseguições policiais, assim como valores de imóveis bem depreciados. Notavelmente, era ali que morava a maior parte dos estrangeiros de Ipanema, especialmente os gays. A partir do final de 2008, quando a polícia ocupou e pacificou as favelas, os preços dos apartamentos — e das casas nas favelas — dispararam.

Em Ipanema, banhistas de havaianas saíam da praia e tomavam sucos, um chope com lula frita, um sorvete, ou *temakis fast food*. Era só o começo: depois viriam as lojas de iogurte, o Starbucks, os bares de tapas, a loja da Nike, o *gelato* italiano.

Assim que desfiz as caixas da mudança, também comecei a usar havaianas, a comer lula frita, a beber suco — e a correr de verdade. Sem um homem para me acompanhar na preguiça das manhãs dos fins de semana, podia me exercitar de domingo a domingo. Pela primeira vez na vida, sentia a respiração se espalhar e preencher o meu corpo inteiro. Minhas coxas secaram e ficaram mais firmes. Os rapazes da academia elaboraram um programa de exercícios especialmente voltado para as minhas necessidades de corrida. Quando dava a volta na Lagoa sentia estar voando.

Na academia, de manhã cedo, havia poucos homens e nenhum seio cônico exposto. Por outro lado, exercitavam-se mulheres cheirosas, com maquiagem permanente, tatuada, nas sobrancelhas, olhos e lábios. Enquanto suava e me esforçava nas máquinas, reparei em um sujeito meio grisalho, montado numa bicicleta ergométrica, lendo *O Globo*. Ler *O Globo* não é um grande desafio intelectual, mas a maioria dos outros atletas só assistia televisão. Assim, pensei, ele devia ser pelo menos um pouco inteligente, talvez até ambicioso. Lia e pedalava intensamente. Suando, eu me esforçava — e fazia minhas observações. Algumas fantasias até pintavam na mente.

Chegou novamente a época da FLIP, a Festa Literária de Paraty. Dessa vez, fui a trabalho com uma colega casada, deixando para trás Sylvia e as minhas ilusões. De novo, o lugar estava entulhado de mulheres da minha idade, tropeçando nas pedras tortas e gastas da rua, agasalhadas contra o frio úmido do inverno costeiro. Mas, sábado à tarde, enquanto descansava sob o preguiçoso ventilador de teto em um quarto mofado de pousada, Moisés ligou.

— Você está em Paraty? Vou pegar um helicóptero.

Era comum os ricaços viajarem de helicóptero para as suas casas de praia na região, evitando assim a estreita e sinuosa estrada Rio-Santos. Mas Moisés não era rico.

— Não, não — respondi, olhando para as hélices do ventilador e respirando rápido demais. Só de pensar em hélices de helicóptero, vento e som ensurdecedor, o meu corpo inteiro já esquentava naquele frio.

O estrago estava feito. Depois do festival, percorri a Rio-Santos no meu carro. Quando cheguei em casa, minha irmã telefonou. Contei-lhe sobre os debates e as estrelas literárias. Ela perguntou se tinha conhecido alguém interessante.

— Não. Mas tem um homem casado aqui no Rio louco por mim.

— Não faça isso! E a família dele? Ele tem filhos?

— Sim, mas isso não vem ao caso. Não vou destruir casamentos. É só... Sabe o que é? Estou com mais tesão do que nunca. Se não der um jeito nisso, vou assustar todos os homens que chegarem perto de mim. Talvez devesse mesmo sair com o cara, ter um caso, sabe, cuidar das necessidades físicas sem compromisso, e, daí, ficar mais livre para encontrar um namorado de verdade.

— Você sabe que isso não está certo. Por que não se cadastra em um *site* de relacionamentos como o Match.com? Todo mundo faz isso agora.

— Não quero um gringo. Quero ficar aqui.

— Talvez encontre alguém que vai muito pro Brasil.

Em um lugar onde motéis anunciam nos ônibus, onde você se depara com camisinhas da marca Affair quando espera na fila para comprar pasta de dente na farmácia e onde as categorias vão para o espaço e a palavra namorar quer dizer qualquer coisa — inclusive cobiçar uma bolsa verde na vitrine —, eu descobria, por fim, a minha verdadeira natureza pecaminosa. Como diz o título do filme, *Blame It on Rio*.

Já acreditava: sexo, por si só, não implica a destruição automática de um lar. Se o marido pula a cerca, é problema dele. O casamento tem suas próprias questões e a existência de uma terceira pessoa não vai piorá-las nem resolvê-las.

Na segunda de manhã, logo após estacionar perto do trabalho, com a boca seca, liguei para o Moisés.

— Vamos nos ver.

— Ok! Onde? Agora?

— Não. — Tinha uma pilha de livros na minha mesa.

— Então, quando?

— Hmm.

— Que tal almoçarmos amanhã?

De imediato, comecei a me preocupar em como estaria meu rosto no trabalho — antes e depois do almoço. Nada de lavar o cabelo no motel.

Mas cabelo molhado depois do almoço era a menor das minhas preocupações. Meu maior problema era a falta de controle. Sentia que estava me jogando em um poço sem fundo.

— O que devo fazer? — lamentava com a minha amiga Rose, que passava pelo Rio naquela semana. Advogada, atriz e produtora de cinema, Rose morava em Los Angeles. Voluptuosa e brilhante, tinha três casamentos no currículo e era uma fonte maravilhosa de conselhos, tanto para quem criava a trama de um roteiro como para quem tramava um caso extraconjugal.

— Os homens gostam da caçada — ela me garantiu. — É como se fosse um esporte. Por isso, você tem que manter parte do seu mistério. Senão, perdem o interesse. Capturam a presa e fim de história.

Como se estivesse prestes a me afogar no poço no qual eu mesma me jogara, minha vida inteira passou diante dos meus olhos, um homem de cada vez. Tinha sido muito transparente?

Era para revelar tudo com a depilação pele-de-neném e, ao mesmo tempo, manter alguma coisa escondida? Como podia uma pessoa ficar casada com outra por vinte e cinco anos e ainda ser misteriosa? De quais segredos estávamos falando exatamente? Da minha receita de molho de espaguete? O nome do meu perfume? O fato de eu ter seios pequenos?

Além disso, a essência do amor não é a honestidade e a intimidade? Se despir em todos os sentidos? Um encontro de almas?

Depois do divórcio, no desespero inicial, eu tinha até comprado um sutiã com enchimento — mas nunca chegara a usá-lo.

No dia seguinte, nervosíssima, pensava em Rose enquanto almoçava com Moisés, numa mesa de canto escuro, em um restaurante conhecido, que meu chefe frequentava.

— Então, você traz todas suas paqueras aqui?

Moisés fez uma cara feia e o *maître* chegou com os cardápios.

— Perdão. — eu disse. Em vez de me deliciar com o encontro, estava obcecada com o adultério.

Pedi peixe com legumes; ele, picadinho com ovo, banana frita e farofa. Parecia estar querendo estocar energia, mas deixou metade no prato.

Pensei que uma maneira de ser misteriosa seria justamente não "dar" no primeiro encontro. Nada de generosidade. E eu estava tão aflita! Porém, mesmo com o estômago embrulhado, consegui engolir o peixe.

Falamos sobre o meu trabalho, o trabalho dele, os seus filhos, a sua história familiar. Moisés queria saber como os livros estrangeiros eram comprados e vendidos no Brasil. Para meu alívio, seu telefone tocava a cada dois minutos e ele atendia, dando instruções a seus subordinados sobre quais apartamentos mostrar aos clientes. Seu conhecimento do mercado e a maneira de lidar com a responsabilidade eram impressionantes.

Comecei a fantasiar que um dia Moisés largaria sua mulher por mim.

Péssima ideia. Mas é difícil abandonar aquele desejo de encontrar um homem que cuide de uma mulher.

O garçom veio limpar a mesa. Naquela altura, com o restaurante vazio, acabara o perigo de encontrar um conhecido e ter que apresentar Moisés.

— Você não se importa se a gente se vir apenas uma vez? — perguntou Moisés.

— Como assim?

— Você sabe — explicou. — Pele com pele. A gente pode não...

— Ah. — Uma descrição bem clara e original de "química". — Não, está bem.

Moisés tinha as suas preocupações.

Me ofereci para pagar a minha parte da conta, mas ele insistiu:

— Não sou um *schmuck* — disse, usando a palavra para mau caráter em iídiche.

— Vamos para um motel agora — Moisés insistiu, assim que entramos no meu carro, beijando-me, colocando a sua mão entre as minhas coxas. Certamente eu nunca soubera apreciar esse tipo de comportamento. A verdade é que há muito ninguém me tocava. Fazia tempo demais que nenhum homem me dava uma carona, e fazia mais tempo ainda que homem algum me dava tanto tesão. Ele cheirava a colônia e os seus braços eram grossos e rijos, musculosos.

Apesar dos pesares, me desvencilhei dele, consegui fazer com que saísse do carro e voltei ao trabalho com a promessa de um novo encontro no sábado. Será que meu sorriso malicioso e minha tarde revigorada eram sinais de um mistério bem mantido?

Na sexta à noite, minha irmã ligou. Por insistência dela, entrei no Match.com, um *site* que prende a atenção porque deixa o usuário navegar livremente e de graça pelo longo cadastro de homens. Ao encontrar um que agrade e ao querer conversar com ele, aí tem que pagar. E paguei. Em dólares e reais.

Os cariocas do *site* usavam óculos escuros e diziam estar de bem com a vida.

O que falariam em seus perfis, caso estivessem de mal com a vida?

Mas, para a minha surpresa, esses homens superavam os gringos sorridentes e ultraproduzidos, que encontrei nesse mesmo *site*. Os brasileiros que olhavam o monitor em vez de fitar a câmera, que posavam contra uma parede descascada ou que revelavam quadros cafonas atrás deles — esses homens assumiam uma identidade com cheiro de mundo real. Conheciam a própria natureza, pura ou podre. Eram caras normais: "rejeitado, procurando amor", "quero alguém: honesta, não materialista e meiga".

Meiga quer dizer doce. O que pode querer dizer submissa. Muitos homens pediam paz. E me perguntei: será que as brasileiras são megeras? Os homens escreviam frases fantasiosas de apresentação tais como "Sempre apaixonado por você" — dirigidas para mim e para qualquer uma que olhasse o perfil. Me recordavam o massageador de pés da praia.

Lembrei também de quando dirigia com duas cadeiras de bebê no meu carro, na época em que ainda se andava de janela aberta no trânsito.

— Gêmeos? — as pessoas perguntavam, paradas no sinal, olhando para dentro do meu carro. Dizia que sim.

— Quantos anos?

Eu respondia a idade.

— Que gracinhas! — eles comentavam.

As cadeiras estavam vazias.

Os brasileiros são tão bons a ocupar o espaço, literalmente ou em sua imaginação, que alguns anúncios fúnebres de *O Globo* são cartas para o Além, dirigidas diretamente ao defunto: "Você se foi há três anos, mas nunca vamos esquecê-lo".

A imaginação é o fogo da vida, outro nome para o desejo.

— Lembre-se — disse Rose, quando liguei para contar do almoço com Moisés, precisando de um calmante — você tem que mantê-lo caçando e farejando.

Passara os últimos meses acordando às três da manhã, hormônios em fúria. Rose achava graça desse meu tesão desenfreado: durante os meus plácidos anos de monogamia, ela sabia que eu a considerava ninfomaníaca. Agora, Rose era quem estava casada e com uma libido adormecida. Para ser sincera, eu não queria que acabasse minha insônia: ficar acordada me parecia muito mais divertido, terça, quarta, quinta, sexta, esperando por braços e pernas e muitas outras partes do corpo em uma infindável e deliciosa fricção.

Sábado de manhã, Moisés ligou e mandou que o esperasse no mirante do Leblon, no começo da avenida Niemeyer, a mesma do hotel Sheraton e do motel Sinless.

Como ser descolada e misteriosa se isso tudo estava acontecendo praticamente no quintal de casa? Nada me ocorreu. A não ser usar saltos altos e um jeans apertado. E calcinha de renda. E maquiagem. E uma regata.

E ser descolada.

Levei um livro. Não pelo mistério, mas para distrair a minha mente nervosa, no quiosque, enquanto esperava que os pensamentos noturnos, dentro de apenas alguns minutos, se tornassem realidade. Na noite anterior, com a ajuda de Rose, tinha largado a ideia boba de ter um relacionamento com Moisés. Agora, sentada na mureta diante das areias ondulantes, me permiti outro pensamento: Moisés me perseguindo pelo quarto do motel, eu de virginal Chapeuzinho Vermelho, ele de Lobo Mau, alto e descabelado.

Reli a mesma página uma terceira vez. Ah, maldita falta de originalidade. Você pensa em caçador e presa, e tudo o que vem à mente é a criança inocente e sua cestinha de gostosuras suculentas. Suculentas? Minha mente girava em torno de si mesma.

Tentei a mesma página de novo. Nunca tivera fantasias sexuais (não conscientemente, pelo menos) e era divertido deixar que essa corresse solta pela minha cabeça. Eu iria subir as escadas até o quarto, ele atrás, com as patas nas minhas pernas. Eu correria...

Antigamente, pensava que a maioria das pessoas, especialmente as casadas, entendia de sexo. Afinal, nós, os casados, não éramos exatamente inexperientes.

Não é à toa que dizem que as mulheres atingem a sua maturidade sexual mais tarde, na casa dos quarenta (sei, desabrochei bem tarde). Algumas mulheres, como a Rose, tratam bem das suas libidos desde cedo. Mas existem muitas de nós que ficam observando-se a si mesmas na cama (como câmeras de vídeo em lojas de conveniência, não como *voyeurs*).

Temos coisas demais na cabeça para simplesmente nos entregarmos ao lado animal do sexo. E os filhos são uma excelente distração e desculpa. Afinal, os espelhos em casa são para verificar as rugas e os cabelos desarrumados, não para se aperfeiçoar no *Kama Sutra*.

Transitar de mãe para amante era esquisito. E, assim, vinte e cinco anos se passam e você não entende o que tem de tão bom nesse tal de sexo. Fantasias? Para quê?

Sim, havia uma cama redonda. Sim, havia espelhos. Sim, foi fantástico. Nessa cama redonda com lençóis limpos e bem passados, espelho na parede oposta, Moisés mandava em mim. Gostei, porque não sabia se obedeceria, se ele realmente queria que obedecesse, se ele cumpriria suas ameaças ("Não vou te deixar gozar!"), se era tão mau quanto parecia. Não sabia qual seria a próxima ordem. Nunca lhe contei as minhas fantasias, mas ele foi, do jeito dele, o meu Lobo Mau.

Dizem que os homens precisam de amantes porque colocam as suas mulheres em pedestais tão altos que não tolerariam vê-las fazendo putarias. Mas as mulheres também se colocam em pedestais.

Começava a entender porque Evangelina, a amiga de Sylvia, recomendara o harém!

— Sei que nunca vai largar sua mulher — disse eu, assim que Moisés estava no banheiro, de costas nuas e voltadas para mim. O quarto também estava nu. Sem carpete. Só alguns quadros nas paredes. E um leve cheiro de mofo.

Ele virou na minha direção.

— Se alguém nos vir vou dizer que era meu irmão. Somos muito parecidos.

Então, a coisa da pele tinha funcionado. Muito bem. Para ele, eram encontros com pouca coisa em jogo, pouca demanda. Mas para mim, UAU! E Moisés falhara na ameaça de não me deixar gozar — três vezes.

Quem sabe, os brasileiros são peritos em fantasias. Todos os anos, até o mais reprimido banqueiro ou tímido intelectual veste uma — no carnaval. No metrô, aparecem as pessoas mais inesperadas, de chifre ou de asas de purpurina.

Uma coisa é certa: os parentes lusos do outro lado do Atlântico não se comparam aos brasileiros em imaginação. Pelo menos, é assim que os brasileiros entendem a coisa.

Dizem eles que os portugueses têm reputação de serem literais até na hora do sexo.

Duas brasileiras e uma portuguesa estavam conversando, quando uma das brasileiras fala com a outra sobre o seu marido:

— Querida, já aconteceu de você encostar no saco do Carlos no meio do sexo e ele estar gelado?

— Sim — disse a outra. — Toda vez que isso acontece reparo que está gelado. E você com o Rafael?

— Menina, o saco dele está sempre gelado!

E a portuguesa entra finalmente na conversa:

— Bem, nunca tinha reparado nisso, mas, hoje à noite, quando estiver a fazer amor com o Manuel, vou ver se o saco dele é gelado também.

— Ok, amanhã você conta! — disseram as brasileiras.

No dia seguinte, a portuguesa aparece coberta de hematomas e com um olho roxo. Surpresas, as brasileiras perguntaram o que aconteceu e ela responde, muito irritada:

— É tudo culpa vossa!

— Mas por quê? O que foi? — querem saber.

— Porque ontem, enquanto estava a fazer amor com o Manuel e encostei no saco dele, eu disse, ah, Manuel, que bom que tu não tens o saco gelado como o Carlos e o Rafael!

Uma brasileira teria ficado de boca fechada, dizem os amantes, no Mundo Novo.

Graças ao Lobo Mau, a minha insônia acabou. Assim, estava preparada quando encontrei, em uma livraria, o belo homem que lia *O Globo* na bicicleta ergométrica. Como não me pintava para ir na academia, era sempre um prazer estar arrumada quando cruzava com gente que conhecia de lá. Aquele dia, estava completamente vestida e maquiada, usando um chapéu panamá muito legal que roubara do meu filho. Também vestido para a rua (e mais atraente do que na academia), o ciclista-leitor trazia alguns livros infantis nas mãos.

— Bom ver que você não lê só o jornal — brinquei, como quem não quer nada.

Deus, que mulher esperta.

Ele olhou para as suas compras:

— Ah, não são para mim. — Não disse que eram para os seus filhos, e não estava de aliança.

Quando a insônia inevitavelmente reapareceu, me arrastei de volta à versão brasileira do Match.com.

Em dois segundos, os caras já queriam ver fotos e ir para o bate-papo. Da primeira vez, mordi a isca.

— Quer me ver agora? — escreveu um deles. E, em um piscar de olhos, ele apareceu na minha tela, em vídeo ao vivo, sentado diante do computador, SEM CAMISA!

Tudo bem que eu conseguira finalmente utilizar um espelho, no motel, para reparar em mais do que o meu cabelo desarrumado, mas um candidato a namorado sem camisa na internet era demais para mim.

Além disso, não conseguia ver abaixo da cintura dele. E se fosse um tarado?

Fiz um enorme esforço para não me focar em toda aquela pele não solicitada e continuei a conversar normalmente, trocando informações sobre as idades de nossos filhos, onde morávamos, o que fazíamos etc. Depois de um tempo, ele se levantou para se debruçar em sua janela e falar com alguém na rua.

Ufa! Estava de short. Se não, juro por Deus, eu teria... Bem, fechado os olhos. Só um pouquinho.

Mas, gente, não estávamos na praia. É verdade que andar sem camisa é uma distinta tradição carioca. Em meu bairro antigo, era comum ver homens carregando suas camisas, para poupá-las antes de começar a trabalhar numa das casas chiques. E antes do advento do ar-condicionado nos carros, o carioca típico dirigia sem camisa, de braço para fora.

Diante do monitor, eu me permiti relaxar um pouco. Mas, quando o meu paquera em potencial se debruçou na janela, também percebi o armário atrás da sua cadeira. Era cafona. Quase se podia identificar o bairro onde vivia por aquele armário.

Tratava-se de discriminação. Coisa ruim e mesquinha. Mas um *site* de relacionamentos é um lugar para achar um bom par. E o meu par teria que conhecer o meu mundo o suficiente para questioná-lo. Clique.

Mais ou menos um mês depois, Moisés ligou. Eu ainda estava pensando em cestas e focinhos de lobo, e, pelo jeito, ele estava na minha onda.

— Agora te quero careca — ordenou. — Pode ficar de bigodinho, se quiser.

Não tinha dito nada para ele sobre a Chapeuzinho Vermelho, mas passar do conto de fadas para o papel de Lolita seria apenas um pulo, de gilete na mão.

De acordo com um artigo em *O Globo* — que até uma criança poderia ler — um estúdio de depilação em Copacabana oferece onze desenhos diferentes de pelos pubianos, incluindo "fruto do pecado" (uma maçã), "energia" (um raio), "celebridade" (uma estrela) e "siga por aqui" (uma seta apontando para baixo), o mais popular de todos. Para uma carioca, um desenho desses é um acessório tão natural como uma tatuagem ou um par de brincos.

Minha reação imediata à nova ordem de Moisés foi recusar.

A segunda reação foi: que interessante! Pensei em concubinas — como aquela que aparece no filme chinês *Lanternas vermelhas*, no qual recebia uma massagem nos pés toda a vez que era escolhida pelo imperador.

Sempre gostei de cozinhar, de inventar receitas gostosas, de colocá-las na mesa e compartilhá-las com os outros.

Mas nunca tinha pensado que o sexo poderia ser como servir alguém.

Desliguei o telefone, fui para o chuveiro com a lâmina e obedeci à ordem até o último pelo. Como era divertido brincar de concubina submissa, pensei, especialmente porque, depois do encontro, teria a minha própria vida e poderia voltar para a minha própria casa e, se não quisesse, nunca mais precisaria ver o cara de novo.

O jeito de ser brasileiro estava fazendo investidas furtivas dentro da minha fortaleza puritana e pessoal. O mistério ganhando da honestidade. As alternativas ganhando do compromisso.

Para quem chega ao Rio de Janeiro de países frios, onde é preciso se agasalhar durante boa parte do ano, parece que corpos, e o troca-troca entre corpos, estão por todos os lados.

Os brasileiros adoram apelidos. Dão nomes para as gripes e para as mulheres de bunda grande. Uma das mais populares nas capas das revistas masculinas era a Mulher Melancia. Mas a Mulher Jaca já estava chegando! Claro que esse tipo de mulher não agradava a todos. Mas, ali, penduradas nas bancas de jornal, elas se instalavam na consciência nacional, tanto quanto as mulheres que iam malhar, de maquiagem e Lycra para levantar os peitos: era impossível não se comparar com todas elas.

Aconteceu uma coisa bastante embaraçosa na minha primeira vez com Moisés. Tudo bem que ele ficou vidrado nos dedinhos de meus pés, quase chegando à minha tão sonhada massagem. Mas ele tinha outra predileção ainda mais estranha:

— Posso te bater?

Assassinos pedem permissão?

Não me machucou; mesmo assim, levar tapas no rosto foi estranho e levantou preocupações sobre a psique de meu parceiro. Tínhamos um segundo encontro marcado, e me perguntava o que mais ele inventaria para uma cinquentona que acabara de fazer um voto de obediência. Me confessei com Rose.

— Alguns homens gostam disso — falou. — Se sentem machões. Provavelmente não passa de um ou dois tapas.

Moisés era honesto. Não era um *schmuck*. Torcia muito para que não fosse.

Consegui me convencer de que fora a audácia que me levara a raspar as minhas partes baixas e a ficar aguardando um homem comprometido num estacionamento de supermercado, após um dia de trabalho, sendo que a minha única garantia de segurança era Sylvia, pois só ela sabia o que eu estava aprontando.

Na verdade, o que me levou a fazer tudo isso foi uma imensa necessidade de me sentir amada.

E esse tipo de emoção não floresce num quarto mofado de motel.

Moisés chegou exausto. Depois da transa, murmurou algo sobre como eu devia ter sido exigente com o meu ex-marido. Não me dei ao trabalho de corrigir a sua impressão.

Dividimos uma cerveja do frigobar e recostamos na cama, sob o espelho. Ele fumou um cigarro.

— Por que quis que eu me raspasse? — perguntei, instigando um elogio.

— Porque é assim que eu gosto.

Daí em diante, Moisés preferiu vir ao meu apartamento nos sábados de manhã, quando não havia mais ninguém. Uma vez, me jogou no sofá e, de repente, parou de me beijar.

— Tem alguém em casa?

— Não. Gostaria que houvesse? — respondi, marota.

Levantou as sobrancelhas, empolgado.

— Quer fazer um trio? Posso chamar um amigo!

"O que você quer?" Jim perguntara.

Não aceitei de cara a proposta de Moisés e ele, bom vendedor que era, aumentou a oferta em sua ligação seguinte.

— Posso arrumar uma prostituta para nós.

E foi aí que troquei o lobo por uma visualização. Uma amiga havia sugerido o livro *O segredo*, como guia para encontrar o homem dos meus sonhos. Por isso, em vez de fantasiar com o Lobo Mau, comecei a visualizar um homem esperto, atlético e engraçado.

Aguardando a materialização de tal namorado, passei o resto de 2007 de paixonite em paixonite.

— Onde estão os homens?! — perguntava Sylvia, e ambas balançávamos a cabeça, uma loira, outra morena.

Já tinha aprendido que os homens malhavam à noite, justamente na hora em que estava mais cansada e a academia mais lotada. Uma opção matinal eram os homens mais velhos que jogavam vôlei de praia. Talvez fossem até os mesmos que eu via num café, toda noite, quando voltava do trabalho.

Quanto teria de me afastar da minha órbita normal para encontrar um homem?

Teve um cônsul peruano, poeta gordinho e bobo que me beijou de leve nos lábios em um fim de noite. Durante um tempo, ele ligou insistentemente para marcar um encontro e depois sumiu. Sua namorada tinha ido morar com ele.

Teve um jovem suíço, brilhante apreciador de literatura e de jazz. Batemos grandes papos. Mas, ao fazer mergulho nas férias, conheceu uma brasileira ainda mais jovem do que ele.

Por enquanto, minha ginecologista não tinha ido para a França, à procura de homens que andam com mulheres da mesma idade, conforme sugerira. Nem eu queria fazer as malas. Todos aqueles prédios acinzentados, longe do mar e com pouco sol... A França não era para mim.

Tinha certeza de que, se conseguisse ir à Melt, encontraria uns caras novos. Jovens, velhos, bobões, sensíveis. Mas Sylvia sempre tinha outros planos. Dava festas para os jovens pesquisadores e estudantes estrangeiros que ela hospedava, cada um recomendado pelo anterior. A gente se divertia, apresentando-os uns aos outros e para os nossos amigos, num ambiente regado a húmus, álcool e pratos que os estudantes preparavam para matar saudades de casa, como *jambalaya*.

Chegou na casa da Sylvia um italiano, Marcello, aficionado por salsa. Eu já dançara muita salsa com os meus amigos revolucionários na universidade, mas tivera poucas chances de rebolar com o meu ex-marido, pé-de-chumbo. Uma noite, saí com Marcello — e a sua namorada. Em dez minutos na pista com ele, estava sem fôlego e morta de vergonha. Deixei o casal em paz.

Ainda assim, os homens mais jovens me fascinavam. Durante uma festa em uma cobertura com vista soberba para a Lagoa, flertei com um americano trintão que trabalhava como mágico. Ele atrasou meu relógio sem encostar em mim ou no relógio. Bela cantada: algumas vezes, o tempo perdido era justamente o que eu mais queria de volta.

O relógio, presente de meu ex-marido, nunca mais funcionou.

HOMENS NEGROS, MULHERES BRANCAS

Em janeiro de 2008, não fui à Melt. Em vez disso, Sylvia e eu fomos ao Rio Scenarium, uma casa de três andares, mistura de bar dançante e antiquário. Tanto foi o sucesso dessa combinação, que o espaço teve que se expandir, ocupando casarão após casarão, ao lado da construção original. Era uma sexta-feira à noite e chegamos lá às sete e meia, uma hora boa para guardarmos uma mesa para os meus filhos e para alguns amigos que iriam chegar mais tarde.

Também era uma boa hora para beber demais, muito cedo.

Em uma mesa próxima, um homem mais velho, de cabelo branco em pé e olhos cor de aço, usava uma gravata. Certamente estrangeiro. Depois de uma caipirinha, desafiei Sylvia a ir falar com ele.

Fiquei sozinha na mesa, ajustando o vestido preto tomara--que-caia, bebericando meu drinque e simulando interesse que não tinha pelas antiguidades. Nossa mesa estava na seção reservada para o equipamento odontológico, e, perto de mim, havia uma cadeira antiga e graciosa, cujo assento e os apoios de braço eram feitos de couro rachado, tudo de cor turquesa. Fingir interesse é uma excelente tática para estudar os homens no Rio Scenarium, onde as antiguidades se espalham por todos os lados, até dentro das mesas de tampo de vidro. No segundo andar, uma moça pode perambular por entre as peças, fingindo olhar para toda uma farmácia transportada de algum século passado, repleta de frascos antigos com rótulos em latim.

Ao aguardar o ancestral elevador de gaiola, com capacidade para apenas três pessoas, pode-se ainda ajeitar o cabelo no espelho ou simular interesse na manequim fantasiada para o carnaval, que sobe e desce em cima do elevador. Quem sabe se esse interesse fingido nos objetos não é capaz de atrair algum homem.

Por volta dos anos 2000, o Rio Scenarium fez parte de uma tendência: trazer o samba de volta à Lapa, a área mais boêmia do Rio, que sempre atraiu músicos, artistas e prostitutas. É um dos vários bairros cariocas onde as fachadas estreitas, as varandas de ferro fundido e os detalhes em *art nouveau* se preservaram porque a capital mudou para Brasília.

Todo mundo sabe que, na Lapa, você dança com quem quiser, sem consequências. Dá para ver criancinhas no ritmo, até tarde da noite. No Brasil, dançar é uma atividade para toda a família.

Depois de ter completado um catálogo mental de todos os apetrechos dentários, já não tinha mais nada em que fingir interesse. Procurei a Sylvia. Nosso alvo, o estrangeiro de olhos metálicos, estava esperando por amigos, relatou ela, na volta à nossa mesa. Mais tarde, conferimos que os amigos eram, na verdade, duas jovens mulheres, pele escura, saltos altíssimos, cabelo alisado, vestindo minissaias e com decotes que quase chegavam à China.

Sylvia e eu ancoramos de volta em nossa mesa e fomos burras o bastante para pedir mais caipirinhas. Diga-se, em nossa defesa, que utilizamos nossos últimos neurônios para também pedir pastéis. Dois rapazes na mesa ao lado repararam em nossa inteligência — e nossa fome — e generosamente ofereceram alguns dos pastéis deles, antes de chegarem os nossos.

Nenhum dos salgados era o célebre bolinho de bacalhau. Ainda assim, algumas mordidas depois, um dos rapazes me chamou para dançar.

— Que sorriso você tem! — disse ele, chamado Juliano.

Finalmente um homem perspicaz!

A cachaça alimenta os sorrisos. Mas também oblitera a memória.

Naquela noite, a pinga brasileira ressuscitou a minha juventude e o meu magnetismo perdidos há tanto tempo.

— Quero te sequestrar — repetia Juliano, quando voltamos para a mesa, encostando seus lábios em minha orelha, colocando a mão debaixo do meu vestido, dentro da minha calcinha. — Vamos pra um motel. A gente volta em meia hora.

Ele e o amigo eram ambos psicólogos da Marinha. Juliano era forte, pele marrom, lábios carnudos. Dançava maravilhosamente. Tenho certeza de que eu também dancei. Pegou meu celular e ligou para si mesmo, para que tivéssemos os números um do outro. Perguntou qual posto eu frequentava na praia de Ipanema e disse que estaria lá me esperando no dia seguinte. Dançamos, bebemos. Colocou minha mão em sua virilha, para que eu soubesse exatamente o que estava fazendo com ele. Juliano tinha trinta e dois anos.

— Vamos para um motel — repetia.

Uma das grandes vantagens do divórcio é que você passa a valorizar seus filhos mais do que nunca. O casamento com o pai deles pode ter acabado, mas ganha-se alguma coisa — um novo relacionamento com todos eles. Os meus filhos são o tesouro da minha vida.

Eles apareceram no Rio Scenarium bem na hora em que o amigo de Juliano estava prestes a vomitar em Sylvia. Nunca lhes disse o quanto tinham sido heróis nessa noite. Me salvaram de mim mesma.

No telefone, algumas semanas depois, Juliano confessou que, no dia em que nos conhecêramos, a sua namorada acabara de terminar com ele. Quando o telefone tocou, eu já estava na cama — e ele falou por meia hora sobre o fim da relação.

Enquanto falava, quase dormi.

— E como é ser psicólogo da Marinha? — ainda consegui perguntar, sonolenta, tentando mudar de assunto, imaginando marinheiros solitários, enjoos, sonhos com cabos e âncoras. Por algum motivo, não tínhamos conseguido nos encontrar na praia.

— Muita papelada — ele respondeu, e perguntou a minha idade.

Pouco depois, fiz a minha grande estreia no mundo do flerte digital. O encontro, em retrospectiva, não teve nada de mais: algumas cervejas com um professor universitário de História, no Bar Lagoa, local famoso pelos garçons mal-humorados e pela salada de batata. O Bar Lagoa é um dos vários pontos de encontro onde os nativos, mal acostumados com a beleza natural da cidade, quase nem reparam na paisagem — nesse caso, a própria Lagoa, debaixo do olhar atento da estátua do Cristo. A galera do teatro e os intelectuais que o frequentam tendem a se preocupar mais com quem está na mesa do lado. Parece que, para eles, a vista não tem importância porque o oceano, as montanhas e o verde são uma dádiva garantida.

Na saída, eu mesma mal olhei para o Cristo benevolente, pois estava preocupada com o beijo de boa noite.

De acordo com as definições raciais dos Estados Unidos, o professor era negro. Juliano, o marinheiro, também. Será que eu tinha beijado Juliano aquela noite no Rio Scenarium? Talvez. Digamos que ainda consigo evocar a sensação daqueles lábios de veludo de trinta e dois anos, mais presentes nas minhas orelhas do que na minha boca.

Praticamente nunca tinha beijado alguém que não fosse branco. Apesar da minha preferência pelos revolucionários, a minha adolescência num subúrbio norte-americano (segregado na prática, ainda que igualitário na teoria) acabou fazendo com que nunca me afastasse das minhas raízes caucasianas. Mesmo assim, os longos anos de Brasil tinham diluído as minhas noções de raça.

Os brasileiros preferem não se limitar a simples rótulos de branco ou negro. No censo do ano 2000, onde os entrevistados declaravam livremente a sua cor, foram citados nada menos do que dois mil adjetivos diferentes. Alguns cariocas gostam de se definir como "churrasco queimado" ou "marrom bombom".

E bem que poderiam estar se referindo ao famoso Sonho de Valsa, com a sua embalagem rosa choque cobrindo uma camada crocante de *wafer* e chocolate, que por sua vez envolve uma bola suculenta de creme de castanha de caju. No Brasil, até as questões raciais podem ser deliciosas.

Outros termos comuns para descrever os tons da pele incluem moreno, trigueiro, pardo, negro, preto, branco, escurinho, mestiço. A palavra "mulato" vem do termo em latim para mula — um animal de raça misturada. Essas palavras variam muito em seu uso e definição, dependendo de fatores como região, classe e a situação social do momento. Por exemplo, "moreno" pode querer dizer pele marrom, mas também apenas olhos e cabelos castanhos.

A partir dos anos 1960, nos Estados Unidos, o vocabulário para descrever uma pessoa negra foi mudando, de *negro* para *black*, para *Afro-American* e daí para *African-American*. A palavra *nigger* hoje é um tabu total, salvo entre alguns negros.

Ao contrário dos norte-americanos, os brasileiros preferem assumir os seus preconceitos em vez de policiar a linguagem. Muitos (inclusive afrodescendentes) usam palavras como "negão", "neguinho" ou "mulatona". Algumas palavras funcionariam como eufemismos. Moreno pode ser uma maneira "educada" de se referir a uma pessoa negra. Também se usa o termo "pessoa de cor", frequentemente com o falante esfregando o dedo indicador em seu próprio braço.

No Brasil, durante séculos, as pessoas de pele mais escura serviram as de pele mais clara. Podia-se concluir, sem perigo de errar, que alguém que não fosse branco, ao volante de uma BMW, seria um motorista profissional, em vez de um advogado ou empresário bem-sucedido. Em 2008, com o aumento da renda e a chegada de milhões de pessoas na economia formal, tudo começou a mudar. Há mais carteiras de trabalho assinadas, os salários são maiores e o acesso ao crédito é mais fácil. Por isso, vendem-se cada vez mais carros — provavelmente não tantos BMW, ainda muito caros, graças aos impostos de importação (entre 2001 e 2011, houve um aumento de mais de sessenta por cento na frota da metrópole, ou seja, temos mais de um milhão de carros hoje do que no começo da década).

Para um americano é fácil criticar o racismo do Brasil — assim como é fácil para os brasileiros criticar a segregação racial americana, cuja natureza explícita e formal seria impensável aqui.

O Brasil tem uma longa história de miscigenação e uma postura relaxada em relação à raça. Mas o racismo existe. Os morros do Rio, inóspitas "sobras" urbanas pela histórica falta de água, esgoto e eletricidade, são habitados majoritariamente por pessoas pobres e de pele escura.

As causas do racismo são socioeconômicas, advindas da escravidão, que durou até 1888, bem mais tarde do que nos Estados Unidos.

Mais da metade da população é afrodescendente, mas, na legislatura 2006-2010, de um total de 513 parlamentares, a Câmara dos Deputados tinha apenas 46 autodefinidos como não brancos.

Naquele dia do meu primeiro encontro através de um *site* de relacionamentos, decidi participar da mistura racial: o meu par estacionou o seu carro em frente ao meu prédio. Subiu o freio de mão. Soltei o meu cinto. E me debrucei para receber os lábios do professor.

Que começou a palestrar.

— Infartei no ano passado — balbuciou. — Achei que você tinha que saber. — Nossas bocas perderam o contato. — Mas agora estou bem.

— Hmm, que ótimo, fico feliz. — Estávamos sorrindo um para o outro, ansiosos. Perto demais.

E, ao invés de fazer minha parte para acabar com o racismo, eu o beijei uma vez em cada bochecha, agradeci e desci do carro.

Alguns dias depois, o professor ligou, para dizer que era melhor que não nos víssemos mais. Era óbvio que eu não estava realmente interessada.

Na verdade, ainda não chegara a uma conclusão sobre o que pensava ou como me sentia. Mas respondi que tudo bem.

Mais duas semanas e ele escreveu um email pedindo uma "segunda chance".

Talvez dar uma segunda chance ao quesito beijo fosse uma boa ideia. Talvez um professor universitário fosse uma boa escolha.

Mas não esse. Muito indeciso.

Continuei tentando experimentar os agitos da Melt, mas, meses mais tarde, quando uns jovens turistas quiseram sambar, tive que levá-los para o Rio Scenarium. Chegando lá, de salto alto e tomara-que-caia preto — o meu uniforme oficial —, logo pedi e bebi uma caipirinha — e caí na pista de dança. A música ensurdecedora mandava mexer o quadril de maneira ditatorial.

Um dos muitos atrativos do samba é que dá para dançar perfeitamente bem sozinha, ou com outra mulher, ou com um negro alto, musculoso, de olhos azuis e cabeça raspada, chamado Vargas.

Vargas me girou de um lado para o outro e, quando olhei para os lados, completamente tonta, meus amigos já tinham desaparecido. Vargas me beijou intensamente. Isso eu lembro, sim. Esfreguei as mãos para cima e para baixo em seus braços fortes e ele me girou de novo. Esses olhos azuis eram de verdade?

— Você gosta de negros? — sussurrou, em um ponto de minha orelha ainda intocada pela música. Concordei com a cabeça. A pista de dança estava enchendo.

Onde estavam meus amigos?

— O que você faz? — perguntei, gritando por cima da música.

— Sou designer — respondeu. A caipirinha tinha lubrificado minhas articulações, meus músculos, minha sensualidade. Era uma sambista profissional, raramente tropeçando nos pés dele. Quase brasileira.

— Mas gosta de verdade? Quer dizer, algumas mulheres adoram negros.

— Sim, sim, gosto — insisti, sem querer parar de beijar, de dançar, de sentir os braços dele à minha volta.

Fechei e abri os olhos, e reparei que as únicas pessoas negras no Rio Scenarium eram homens.

— Porque, sabe como é, alguns negros gostam de brancas — prosseguiu ele. — Eu gosto muito de brancas.

O HOMEM QUE DIZIA “UÓ”

Pouco depois, outro carioca, dessa vez um homem branco, saiu do mundo virtual para aterrissar na realidade. Ricardo era judeu — talvez um bônus — e, como eu, ex-jornalista. Bem diferente dos primeiros encontros costumeiros, o nosso foi entre os seus amigos e familiares. Ainda mais incomum: foi num bar de tema nordestino, com uma banda tocando Beatles.

— Temos que chegar cedo — ele tinha dito pelo telefone. — Não consegui fazer reserva e o lugar enche rápido nos sábados à noite.

A noção de tempo é o Everest das diferenças culturais entre americanos e brasileiros.

E eu ainda estava muito aquém do pico. A pontualidade talvez seja o nosso ponto de honra supremo. Mas, para os brasileiros, o ponto de honra supremo é a ginga — com uma gama mutável de utilidades e interpretações. A ginga é usada para avaliar o tempo e as exigências sociais que surgem para ocupá-lo. Feita a avaliação, decide-se o programa e a hora de chegada.

Impulsionada por meus malditos instintos puritanos, cheguei no bar às oito em ponto. Nas mesas, cobertas com toalhas quadriculadas vermelhas e brancas, os funcionários ainda jantavam.

Um amigo de Ricardo chegou e ficamos papeando. Era fotógrafo e conhecia Ricardo desde a infância. Acompanhado de uma amiga, Ricardo enfim chegou, igual à sua foto no *site* de relacionamentos, com olhos cintilantes e cachos grisalhos. Era um homem magro. Apesar dos avisos de "reservado" em todas as mesas, logo nos arrumou uma.

Isso é ginga.

— Uó! — exclamou, bem alto, enquanto tomamos os nossos assentos, não muito longe de onde a banda montava o equipamento. Acendeu um cigarro comemorativo e me dei conta de que não tinha lido o seu perfil com a devida atenção. — Uó! — gritou, de novo.

— Ele faz isso o tempo todo? — perguntei à amiga. Ela fez que sim com a cabeça. Pedi uma cerveja. Ela me contou que era médica e acendeu um cigarro também. Não consegui pensar em coisa alguma para dizer.

O fotógrafo começou a me mostrar seu portfólio e me deu de presente uma foto. Era uma boa foto, um gato enroscado como um caracol, mas não cabia na bolsa verde.

Em uma conversa telefônica inicial, descobrira que Ricardo, como tantos outros, tinha sido bem-sucedido no começo da carreira, mas que fora prejudicado financeiramente num momento de fragilidade da economia brasileira. Morava com parentes e aguardava salários atrasados de uma empresa que não existia mais. Diga-se, a seu favor, que tinha voltado a estudar.

A garçonete trouxe cervejas e caipirinhas. Uó! Chegaram os aperitivos, especialidades deliciosas, porém nutricionalmente incorretas, do Nordeste: linguiça frita com cebola e mandioca frita. Uó! Fibrosa e crocante por fora e mole por dentro, a mandioca tem uma textura muito prazerosa — como um Negresco, só que melhor. Essas comidinhas salgadas vão muito bem com o agridoce da caipirinha — e é difícil de parar. Mas, aquela noite, eu estava cuidadosamente bebendo cerveja.

Outro amigo chegou: Juca, acima do peso, usando um improvável blazer azul. Ele se sentou ao meu lado. Quando a banda começou a tocar Beatles, revelou que tinha um problema no joelho e não podia dançar. Começou a beber um uísque atrás do outro.

O lugar estava ficando cheio e barulhento. Ricardo fumava. A médica também. Naquela época, podia-se fumar em bares e restaurantes, e ninguém pedia licença.

Detive-me nas paredes de tijolo exposto. Havia um pôster de Lampião e Maria Bonita, os famosos cangaceiros do Nordeste. Lampião usava oculinhos redondos estilo vovó — estilo John Lennon.

As coisas começavam a fazer sentido.

A polícia matou o pai de Lampião durante uma disputa por terra. Na década de 1920, ele decidiu vingar essa morte. Durante anos, ele, sua mulher Maria Bonita (que fugiu de um marido sapateiro para ficar com ele) e seu bando de trinta cangaceiros castigaram a região, matando policiais, saqueando e roubando — mas também dando festas. Tudo terminou em 1938. Os cangaceiros foram emboscados, mortos, decapitados. Desde então, Lampião e Maria Bonita são lembrados como o senhor e a senhora Robin Hood do país. Nos EUA, essa era a época de Bonnie e Clyde, um casal estiloso que assaltava postos de gasolina e lojas pequenas: tanto o Brasil quanto os EUA ainda tinham espaços por explorar e controlar, lugares amplos e sem lei. A polícia era pouco presente, corrupta e mal equipada.

A única diferença é que no Brasil esse ainda é o caso — apesar de as coisas terem começado a melhorar no Rio a partir de 2008, com a nova política de segurança pública.

Nos EUA, na década de 1960, época de protestos *anti-establishment*, Bonnie e Clyde desfrutaram de uma nova onda de popularidade e depois sumiram; no Brasil, onde os vilões das telenovelas tendem a ser mais populares do que os heróis, Lampião e Maria Bonita ainda são lembrados com carinho. Em um país onde a Justiça permanece desigual, lenta e ineficaz, as pessoas tomam a lei em suas próprias mãos, como faziam os cangaceiros. Ainda acontecem linchamentos, inclusive com vídeos no YouTube, acompanhados por comentários assustadores.

Nem todo mundo é entusiasta de linchamentos, mas a primeira reação de um brasileiro ao se deparar com problemas burocráticos é tentar encontrar uma solução pessoal. Ou seja, procurar amigos ou conhecidos que possam dar um jeitinho, o truque que se aplica a uma variedade impressionante de questões. Certa vez recebi uma ligação de uma vizinha, cuja casa estava no provável caminho de um incêndio florestal. Queria saber se eu conhecia alguém no Corpo de Bombeiros.

Que tal ligar para o 193?

É sempre necessária uma boa dose de malícia.

Por exemplo, vejam o caso do taxista que, uma noite, me levou do Theatro Municipal para casa. Conversamos sobre o desrespeito pelas regras de trânsito, como dirigir e falar ao celular ao mesmo tempo. Na época, por exemplo, era mais fácil beber e pegar no volante do que hoje, quando temos as operações da Lei Seca pela cidade.

— Sabe — contou —, alguns meses atrás, lá pelas duas da manhã, parei em fila dupla em frente a um bar, para beber. De repente, escuto aquele estrondo e descubro que uma Blazer acabou de bater na minha traseira. Foi um estrago tão grande que demorou um mês pra consertar o carro dele. Mas, aquela noite, o motorista desceu da Blazer e me garantiu que a seguradora pagaria nosso prejuízo. Só havia um probleminha. A carteira estava vencida. Pediu para eu passar na casa dele, para buscar a mulher. Ela diria à polícia que era responsável. Beleza, pensei, quero é que o prejuízo não saia do meu bolso. Só que, quando voltamos ao local do acidente, a polícia já estava lá, e o pessoal contou tudo. Um dos PMs chegou perto e me perguntou quem estava dirigindo. "Fui eu", disse a mulher do cara. O PM entrou no carro, sentou no banco do motorista e disse para ela, ajustando o retrovisor, "Se você estava dirigindo e o banco e os espelhos estavam nessas posições, dá para entender porque bateu".

O taxista riu, e eu também.

— O dono da Blazer deu cem reais pro PM engolir a história e eu fiquei quieto. Precisava que pagassem meu prejuízo, né?

De novo, ele e eu rimos — juntos. A solidariedade entre os oprimidos é um elemento essencial à prática do jeitinho. O taxista continuou:

— Algum tempo depois, esbarrei com o cara da Blazer e ele me perguntou: "Sabe de quem foi a culpa de tudo isso naquela noite?" Me mostrou o seu celular: "Disso daqui", disse, sacudindo o telefone na minha frente e falando: "Estava brigando com minha mulher no celular quando bati na sua traseira!"

Por vezes, a polícia carioca fazia justiça com as próprias mãos, executando os presos antes de chegar na delegacia. Em 2002, fui assaltada à mão armada dentro do meu carro. No dia seguinte, a polícia prendeu dois jovens e me chamaram para reconhecer os suspeitos. Quando cheguei, aliviada e grata, um dos policiais não pôde apertar minha mão, pois tinha se machucado de tanto bater nos presos.

A gratidão minguou.

Parte do enredo do filme *Tropa de elite*, de 2007, gira em torno de dois policiais militares que tentam conseguir peças de reposição para a sua viatura enguiçada.

Talvez tenha sido essa malícia que levou à criação das milícias, gangues informais de policiais à paisana ou reformados que vendem serviços, muitas vezes à força, para comerciantes e moradores. Poderia até se pensar que essa "ação comunitária" ajudaria os policiais a suplementar os seus parcos salários e o policiamento deficitário. Mas, na falta de um governo justo e igualitário, aumentaram a corrupção e a violência na cidade maravilhosa. As milícias teriam ligações com os donos dos ônibus e das vans, dos jogos de azar, do gás, e até mesmo com a Câmara de Vereadores e com a Assembleia Legislativa. Assassinatos acontecem entre grupos rivais. Uma juíza, que tentou enfrentar as milícias, foi assassinada na porta de casa. No segundo filme *Tropa de elite*, de 2010, os principais antagonistas são as milícias — também alvo das novas iniciativas de segurança pública.

Com malícia antes, durante e depois, os brasileiros estão sempre preparados.

Por outro lado, a inocência — inocência com segundas intenções, mas ainda assim inocência — também é vital para sobreviver no Brasil. Roberto DaMatta, o antropólogo, conta ter sido parado por um policial em Boston, onde fazia o doutorado: seu fusca não tinha o adesivo da vistoria requerida.

— Não sabia que precisava — explicou, como se estivesse no Brasil.

— Quer dizer que um doutorando de Harvard não sabe de uma coisa tão simples? — perguntou o policial.

Nos EUA, os seriados e filmes de ação apresentam dramas com policiais, juízes e júris. Talvez, inadvertidamente, acabem por ter uma função educativa. No Brasil, um grande apelo desses filmes são as perseguições de carro. E os romances policiais não vendem bem.

Quem precisa saber como funciona o sistema formal de justiça, sendo que ele é menos importante do que o sistema informal? Quem quer brincar de resolver problemas e crimes como passatempo? Os brasileiros quebram a cabeça com problemas todo dia, o dia todo.

No bar nordestino, Lampião e Maria Bonita, lado a lado, me encaravam da parede, evocando glória e astúcia. As músicas dos Beatles convenciam. Uó! Botei na boca um pedaço de mandioca.

Ricardo me tirou para dançar e fomos para o pequeno espaço entre a nossa mesa e a banda. Foi bom me movimentar, ele dançava bem e comecei a visualizá-lo como um jovem adorável.

Mais algumas músicas e os amigos dele se juntaram a nós. Juca suava em seu blazer e não mancava. Arquitetou uma mudança de parceiros e me segurou como se de outra maneira eu fosse fugir — uma estratégia razoável da parte dele.

— Uó! — disse Ricardo. Algumas pessoas repetiram o bordão, inclusive um cara bem bonito, na faixa dos trinta, em uma mesa próxima. A namorada deste se balançava ao som da música. O cara exibia uma tatuagem em seu braço intumescido. Aliás, seus músculos pareciam perfeitamente distribuídos pelo corpo, realçados por uma camiseta apertada. Seria bom que fosse ele me agarrando na pista e não esse velho bobão suado.

Será que velhos bobões suados frequentavam a Melt? Eu ainda não sabia.

Quando sentamos, era quase impossível ouvir a conversa, mas Juca logrou me dizer que tinha sido o primeiro da turma a ganhar um disco dos Beatles, trazido dos Estados Unidos por um tio.

— Quando li o nome, pensei que se pronunciava "bêiatels" — riu.

Nesse momento, até a médica fumante me pareceu um interlocutor melhor. Juca virou outro uísque.

Ricardo se levantou, foi até o jovem casal e falou algo no ouvido do musculoso rapaz tatuado. Depois de um aceno com a cabeça da parte dele, Ricardo estendeu a mão e guiou a moça até a pista de dança.

— Uó! — ele disse, logo que engrenaram.

Dançaram duas músicas rápidas, Ricardo a devolveu ao namorado e veio se sentar em nossa mesa, o rosto suado.

— Uó! — falou, acendendo um cigarro.

Pessoas já foram baleadas por menos nos bares do Rio.

Ricardo com certeza era original e corajoso.

Então, veio uma música mais lenta.

Eu ouvi "Michelle", pela primeira vez, em uma vitrola, quando estava na quinta série, no porão da minha casa em estilo *split-level* (de três andares, separados por escadas curtas), onde o chão era de linóleo marrom com toques de creme, que lembrava mármore da maneira mais brega possível. Nos subúrbios americanos, todos moravam em casas *split-level* e tinham porões com chão de linóleo.

"Michelle" é sobre um amor impossível por uma estrangeira.

Quando ouvi a música pela primeira vez, não fazia ideia do que era o amor. Na mesa com Ricardo, parte daquela inocência voltou. Não a inocência estratégica do Roberto DaMatta; mas a inocência infantil do linóleo. Olhei em volta. Ricardo mirava o nada, fumaça subindo do cigarro preso entre seus dedos.

I love you... (Eu te amo...)
I want you, I want you, I want you (Eu te quero, te quero, te quero)
I think you know by now (Acho que você já sabe)
I'll get to you somehow (Vou dar um jeito de chegar até você)
Until I do I'm telling you so (Até lá, estou te dizendo)
You'll understand (Você vai entender)

Ouvindo a música no bar, perdidas em memórias e sonhos do que poderia ter sido ou daquilo que ainda viria a ser, todas as mulheres (e até alguns homens) balançavam suavemente em suas cadeiras.

Já no porão da casa da minha infância, uma fileira de meninos mexia os pés no canto onde o piso de linóleo encontrava uma parede e, do lado oposto, uma fileira de meninas dissimulava descaso. Como um pastor diante de um casamento em massa, meu pai juntou os braços e nos uniu.

Ele nunca se esqueceu dessa noite tão distante, sempre quis que lhe agradecesse pelo que fez. E eu sempre me recusei, pois tinha fé que, por conta própria, rapazes e garotas teriam, em algum momento, se dividido em pares para dançar. Nem que para tal ficássemos naquele porão até o século XXI.

A maior parte da minha vida já estava no passado.

Sempre soube que iria casar com um estrangeiro. Era só questão de identificar os óculos do John Lennon no nariz de um cangaceiro.

Jamais voltaria a morar nos Estados Unidos. Não aguentaria a saudade da mandioca frita.

A música foi acabando.

— Uó!

Aplausos empolgadíssimos.

A banda começou a tocar "Parabéns para você", e todos cantaram juntos e bateram palmas, como se faz no Brasil. Ricardo parecia feliz. Subitamente, me dei conta de que era seu aniversário. O líder da banda tinha uma lista em mãos e começou a ler os nomes.

— E finalmente — concluiu, depois de cada aniversariante ganhar menção e aplausos gerais —, temos o cara do "uó".

— Uó! — gritou Ricardo.

APRENDA FAZENDO

Martin mentira sobre a idade em seu perfil no Match.com. Como eu, era um intelectual interessado em sexo. Um intelectual mais velho interessado em sexo.

Em nossa primeira noite juntos, em seu quarto de hotel no Rio, aproveitei minhas experiências com o pintor e com o corretor imobiliário. E me inspirei também na admiração, e até na inveja, que sentia pelos brasileiros sensuais. Martin curtia tudo isso. Mas uma parte essencial de seu corpo não despegava.

Daí, criei um monólogo pornográfico, que brotava da garganta. De maneira um tanto desesperada, povoei o quarto com fetichistas, todas jovens, depiladas e nuas.

Sem mofo.

Mulheres estavam no quarto conosco, acariciando, cantando, seduzindo.

E ainda assim, o resultado foi... nada.

Mas Martin, sozinho, estava me causando sensações deliciosas em partes da minha anatomia que eu nem sabia possuir.

Afinal, o que eu queria? A princípio, não senti atração por esse "professor travesso" (como dizia seu perfil) míope e sessentão. Mas, enquanto ele manipulava o meu corpo com habilidade, reparei nos seus músculos retesados sob a pele, carregados com a confiabilidade de um cabo náutico.

Martin e eu nos conhecemos *online* e nos encontramos pela primeira vez em minha cidade natal, numa viagem que fiz para visitar a família. Durante um jantar de comida tailandesa, ele me pareceu surpreendentemente compatível.

Quando veio me visitar semanas mais tarde, no Rio, exclamou a sua admiração pela forma como eu andava na minha calça jeans apertada — enquanto eu a despia. Foi um prazer especial: minha irmã tinha me aconselhado especificamente a não usar esses jeans no encontro do restaurante tailandês:

— Fazem sua bunda parecer grande — ela me alertara.

Claro que, nesse momento, girei e me olhei no espelho.

Mas, morando no Brasil, eu sabia de algo que ela não sabia: que os homens gostam, além de mulheres que lembram frutas, das falsas magras, as magras com bundas surpreendentemente grandes.

— A melhor coisa de ser mais velho é que você não tem mais tanta pressa — disse Martin, um tempo depois que tirei os jeans.

Nada de Viagra ou "Isso nunca me aconteceu antes".

Mais tarde, de pé diante da janela do quarto de hotel, percebi que podia ver o meu apartamento — no seu interior havia uma luz azulada.

— Meu filho está assistindo TV depois da hora. Queria poder ligar pra ele e mandar desligar essa TV agora.

A reação do meu filho a qualquer indício da minha vida sexual era sempre uma única palavra: "Eca!"

E Martin ligou a TV, na CNN. Assim, descobrimos compartilhar outro hábito inusitado: assistir TV só em quartos de hotel, quase sempre CNN.

Naquela primeira noite no Rio, mais cedo, de pé, ao lado desse cientista político americano, que fazia o *check-in* no hotel, me dei conta de que não perguntara o óbvio: "Qual o seu signo?". Por isso, espiei o formulário por cima do seu ombro. Não era preciso preencher mais do que nome e número de passaporte, mas Martin, um gringo correto, forneceu todas as informações pedidas. Era dez anos mais velho do que eu, em vez dos quatro alegados no *site*.

Assim começou um período longo, sobretudo em idade de cachorro, de trocas lentas, tanto intelectuais quanto sexuais.

Logo após a visita de iniciação de Martin, já era de novo a época da FLIP. Naquele ano, não fui. No trabalho, a semana foi bem calma. Quando dois diplomatas brasileiros me chamaram para um almoço no Centro, aceitei e, quebrando o meu hábito, tomei uma caipirinha no almoço.

Já disse que a caipirinha é o melhor drinque do mundo, especialmente quando feita com cachaça? Diferentemente da vodca, que muitos brasileiros colocam em suas caipivodkas, a cachaça tem um gosto muito distinto. Nada se aproxima.

É um sabor que dispara em direção ao ouzo grego ou ao absinto francês, e que freia a uma distância segura do grudento e do doce. Associações: sol, calor, dias lentos e uma quase total falta de controle. A cachaça é ainda mais sublime com limão, açúcar e gelo. Só de ver um copo transbordando com ingredientes já começo a salivar. Dá até para abrir mão da cerveja.

Naquele almoço, só tomei uma caipirinha — mas foi o bastante para que contasse aos embaixadores sobre Martin e como tínhamos nos conhecido. No Brasil, ainda estávamos nos primórdios dos *sites* de relacionamento. Lívio, o diplomata que conhecia há mais tempo, estava aposentado, depois de uma carreira ilustre em postos importantes.

Fluente em diversas línguas, inteligente, culto e estiloso, Lívio gargalhou ao ouvir a minha história. Sempre gostei de conversar com membros da velha guarda do Itamaraty, famosos pela erudição e charme, muitos deles com carreiras paralelas nas artes, ainda que, por essa altura, a tradição aristocrática e intelectual da diplomacia já tivesse terminado no Brasil, assim como tinha terminado nos EUA na década de 1970.

— Martin é um intelectual brilhante. O primeiro homem branco de olhos azuis que beijei — confessei aos meus colegas de almoço. — Mas mora tão longe!

— Ah, assim é melhor! — exclamou Lívio, e o colega dele também concordou com a cabeça. — Moradias separadas. — E riram. — Minha segunda mulher tem um apartamento e eu tenho outro. Gosto de tudo no seu lugar, do jeito que eu quero. Não tolero quando alguém chega e apaga uma luz que deixei acesa. Detesto isso!

— Bem, com Martin nos Estados Unidos e eu aqui, não tem perigo de ele me deixar no escuro — respondi, mastigando o gelo que sobrara no meu copo. As caipirinhas têm um jeito só seu de evaporar. Mas, se tomasse outra, seria impossível voltar ao trabalho.

Lívio fez cara de sábio:

— Agora, você precisa encontrar um namorado no Brasil — aconselhou, como se eu fosse uma chefe de Estado prestes a assinar um tratado. — Se não, é uma questão de incompetência.

— De quem? — perguntei, engolindo o gelo.

— Sua, claro!

Comecei a varrer com empenho os perfis dos *sites* de relacionamentos brasileiros, mandando pequenas mensagens e emails, olhando homens de São Paulo, homens sem fotos, homens com algum traço de originalidade nos apelidos ou nos textos de apresentação. Um bombeiro amante de jazz queria me encontrar. Os corredores pelos quais me interessava, não.

Uma noite, Sylvia veio jantar em minha casa e lhe mostrei o meu perfil, tentando convencê-la a entrar no *site* também.

— É muito estranho — disse ela. — Por que eles não querem mostrar os olhos?

— Não sei. E o que você acha que "Estou de bem com a vida" quer dizer? E onde, eu gostaria de saber, estão os homens com alguma noção de decoração de interiores? São eles que vão pra Melt? E quando vamos para a Melt, hein?

— "Esperando por você" — ela leu em voz alta, sem me responder. — "E você, você, você e você e você..."

O frio mês de agosto é considerado de mau agouro no Brasil. Entre outros tristes eventos, foi em agosto que o ditador Getúlio Vargas se matou, em 1954. No Rio, pode-se visitar o Museu da República (com enormes e apavorantes águias de asas abertas empoleiradas nas bordas do telhado, como se para lembrar a todos que esta é, de fato, uma sociedade predatória), que funciona no Palácio do Catete, a antiga residência presidencial. Tudo foi deixado exatamente como naquele dia fatídico. Falta apenas o pijama de Getúlio Vargas pendurado na porta do banheiro.

Para mim, agosto nunca foi particularmente azarado. Mas é uma época tranquila no mercado editorial, hora boa para visitar a família e ver Martin em seu próprio território.

Ele me buscou no aeroporto e fomos de táxi para o seu apartamento.

Entre o hotel onde Martin ficou, no Rio, e seu lar americano, a transição dos nossos encontros amorosos foi bastante abrupta. O ralo da banheira estava entupido, transformando a minha chuveirada pós-viagem em uma lagoa imunda que subia até os tornozelos. Apesar disso, o que aconteceu depois, em um de seus sofás-cama (um para o inverno e um para o verão), mais do que compensou. De manhã e de noite. E depois de novo.

Eu tinha levado um biquíni e uma canga. Uma noite, Martin saiu do banheiro e me encontrou debaixo das cobertas com o meu traje de praia, pronta para a maré alta. Contei que gostava de ter os meus braços colocados acima da cabeça, os pulsos presos.

A Falha de San Andreas, na Califórnia, aprendi na aula de geologia do primeiro ano de faculdade (nos EUA a gente estuda um pouco de tudo, sem se especializar logo), separa dois pedaços da Terra que se movimentam em direções opostas. Quando as placas tectônicas se deslocam, esticando-se para além da capacidade elástica, ocorre um terremoto.

Uma gringa solteira, cinquentona, que mora no Brasil, e que se dá conta de que, apesar de ser mãe de três filhos, passou um casamento sem REALMENTE FAZER SEXO, começa a pensar na aula de geologia na faculdade.

Eu estava tão esticada quanto a Falha de San Andreas, num lugar bem profundo, dentro de mim mesma. Esse lugar oculto era uma espécie de segunda mente, da qual tinha pouca consciência, mas eu começava a entender que me regia tanto quanto a mente verdadeira.

Martin encontrou essa virgindade. Antes de entrar, toda vez, ele beijava com devoção um tornozelo e depois o outro, como se fosse uma *mezuzá*, o amuleto judeu fixado nos batentes das portas.

Para poder se dedicar o máximo de tempo possível aos livros acadêmicos que escrevia, Martin transformara o seu quarto em escritório e dormia no sofá-cama da sala. Todo dia ele montava a cama e todo dia ele a desmontava. Todo dia, fazia exercícios de coluna, no chão, e depois comia Muesli com leite e fruta. Todo dia, preparava café e chá, bebendo canecas e mais canecas de ambos, enquanto escrevia — muitas delas ficavam espalhadas pelo apartamento, com restos de líquido gelado.

Ele escrevia todos os dias, um feito que eu queria realizar.

Gostava de Muesli — uma espécie de granola murcha — e do fato de Martin se cuidar.

As nossas conversas durante o café da manhã eram acompanhadas por pilhas do *The New York Times* e salpicadas com notícias da NPR, a rádio pública norte-americana. Martin não perdia uma emissão: mantinha um rádio na sala e outro no escritório. Uma manhã, o locutor falava de envelhecimento e exercício.

— Nós, quarentões — disse Martin —, temos que manter a forma! — sorria ao segurar uma colher de Muesli encharcado.

— Sei a sua idade — falei, sorrindo por minha vez.

Parou de mastigar, engoliu e deu um sorrisinho maroto:

— Não me sinto tão velho assim.

— Sei — disse com cuidado. — Nem eu.

Uma tarde, voltando da casa da minha irmã, passei no mercado, com a ideia de preparar algo para o jantar com Martin. Não sabia o que ele tinha na geladeira nem na despensa e não queria interromper o trabalho dele para perguntar. Com o intuito de não ser invasiva, comprei pouca coisa: duas postas de salmão, que ele gostava muito; os ingredientes para uma salada; uma lata de tomates italianos; e um pacote de macarrão. Claro que ele teria um estoque de cebola e alho, pensei.

Tivemos um jantar bem simples, que até se podia chamar de insosso — uma refeição preparada em turnos, na única panela da cozinha do Martin. Era um homem sem panelas.

Acho que foi durante essa refeição que eu mesma fiz uma estranha confissão:

— Te amo tanto.

Quase tampei a boca com a mão. Será que imaginei isso?

Martin não disse "O quê?" nem "Eu também". Ou qualquer outra coisa.

Aquela semana, repetimos a dose de comida tailandesa e também fomos ao cinema, onde sentar com a mão do Martin na minha perna foi melhor do que o trabalho dos astros no filme. Ele conheceu a minha família, até mesmo os meus filhos, com os quais manteve conversas envolventes. Apesar de nunca ter sido pai, Martin sabia, por ser professor universitário, muito sobre jovens de uns vinte anos. Se interessava pelos desafios e pelo desenvolvimento dos jovens adultos. Todos gostaram dele, até o meu pai, apesar de ocuparem polos políticos opostos.

Já que os meus filhos dormiam na casa da minha irmã, e eu estava no apartamento do Martin, me sentia bastante relaxada enquanto comíamos o Muesli.

Uma noite, assistimos ao filme *A um passo da eternidade* no videocassete e dormi, os dedos dele fazendo cafuné na minha cabeça.

O videocassete era só um exemplo da sua postura retrógrada em relação à tecnologia. Martin tinha uma conexão discada à internet e usava o Wordstar para escrever os seus livros. Tudo isso era de uma coragem teimosa — e um convite ao perigoso pensamento de que eu poderia mudar esse homem.

No dia da minha partida, sentamos na sala por um momento, as malas feitas à minha espera no hall. Os olhos dele se encheram d'água e o meu coração apertou. Demos um beijo de despedida. Só chorei no carro, malas no bagageiro, dirigindo sozinha para a casa da minha irmã. Chorei por ter a idade que tinha e ainda estar solteira, por morar longe, pela intimidade efêmera, por não saber o futuro.

Quando cheguei na casa da minha irmã, disse que não poderia continuar com um homem que dormia na sala e tinha um ralo entupido no banheiro.

O DESAFIO DA TRAIÇÃO

Caminhava de peito aberto e já tinha uma ideia mais clara do tipo de homem que buscava. Me depilara e estava presente nos *sites* de relacionamento. Traçava bolinhos de bacalhau e passeava, rebolando, de salto alto nos supermercados.

Vargas, o designer dançante de olhos azuis, havia me telefonado uma vez, e ouvi crianças berrando enquanto ele tentava marcar um encontro. De qualquer jeito, não confiava muito em uma pessoa que achava que a cor da minha pele era meu atributo mais atraente.

Era impossível procurar namorados antigos e, graças a Deus, eu ainda não me metera em nenhuma encrenca, dessa maneira, não precisava fazer sinais de socorro com a mão.

Chegou então a hora de arrumar um harém. Sim, um harém — deixando de lado as questões logísticas, pois o meu filho mais velho voltara a morar comigo. Ele resolvera trabalhar com o pai enquanto pensava no que queria fazer da vida.

Mas, para quê me preocupar com cafés da manhã de constrangimento, se nem tinha um namorado, muito menos três?

Mesmo assim, jamais perdi a esperança. Seguindo o exemplo eficaz do Martin, criei um perfil num novo *site* de relacionamentos, reduzindo um pouco minha idade — e logo angariei uma tribo de admiradores.

Havia ainda o cara da academia, Humberto, que eu tentava fisgar com referências literárias, embora ele nunca mordesse a isca.

E, enquanto eu organizava a minha vida amorosa, continuava a observar tudo e todos ao meu redor. Ao sair com um amigo alcoólatra, que deixara de beber, mas ainda fumava — e lutava para se sustentar —, me dei conta de que, na nossa idade, a maioria das pessoas já se definiu: venceu na vida ou não.

Nesse momento, refleti que, aos vinte e cinco anos, estamos atentos ao potencial do outro. Três décadas mais tarde, é o passado, e não o futuro, que reside no jeito peculiar com que um homem desliza a língua para os cantos da boca, sem parar, enquanto fala.

Em Madame Bovary, Flaubert resume a questão de maneira genial: "Todo notário carrega consigo os escombros de um poeta".

Eu bem sei. Tenho a minha fileira de rugas logo abaixo do lábio inferior, consequência do beicinho que fazia durante os últimos anos do meu casamento e nos primeiros anos enquanto solteira. Mesmo hoje, sem dar por isso, aperto os lábios com remorso, tristeza ou raiva.

Os jovens até podem esquecer a postura e caminhar curvados, mas raramente possuem tiques faciais — ainda não.

A dicotomia vencedor-perdedor deve existir em todo mundo, mas pode ser que o Brasil exacerbe o fenômeno. A vida neste país talvez seja mais cruel do que em outros lugares, até para quem não vive na pobreza. Durante décadas, era comum conhecer pessoas que mal conseguiam se manter na classe média (o que acontece atualmente nos Estados Unidos, uma grande novidade para aquela sociedade).

No Brasil, uma empresa quebra e demora anos para administrar todas as dívidas, inclusive os salários atrasados. E houve quem caísse na insegurança financeira quando o governo congelou as contas bancárias, em 1990, numa tentativa insólita de reduzir a inflação de mais de oitenta por cento ao mês. Décadas mais tarde, nem todos os recursos voltaram às mãos certas.

Por outro lado, há os "vencedores", que ganham dinheiro por meios escusos, como a superfaturação de contratos, propinas ou subornos.

No Brasil, todo mundo está pelo menos um pouquinho sujo, mesmo que se trate de uma pequena evasão no imposto de renda.

Em outras palavras, no Brasil, o cavalo do príncipe seguramente não será branco.

Na verdade, pode ser que seja cor de rosa e verde, enfeitado com um monte de plumas e purpurina, desfilando no carnaval. Em teoria, os cinco dias e meio de folia se passam num ambiente de igualdade social e liberdade, o que permite a cada um ser aquilo que quiser.

Durante o carnaval, há alguns anos, um fotógrafo, deslumbrado por uma beldade quase nua, de salto alto, repleta de purpurina e plumas, lhe deu uma mão para descer do carro alegórico no fim do desfile.

— Qual seu nome, querida? — perguntou, depois de clicá-la.

— Wilson — veio a resposta, numa voz de timbre baixo.

Apesar de me esforçar demais para traí-lo, ou talvez por causa disso, pensava frequentemente no Martin.

— É um homem bom — disse à Mette, quando nos encontramos para almoçar e contar os mais recentes feitos da nossa vida. — E isso é uma raridade. Ele é escritor, um intelectual. E, na cama, maravilhoso.

Ela pedira o único prato sem carne no cardápio; eu, a pretensa comedora de homens, garfava uma salada com *carpaccio*.

Sorria com malícia; apesar dos bolinhos de bacalhau e das previsões da Mette, ainda estava magra. Além do mais, mastigava carne, carne crua, bem na cara do vegetarianismo dela. O melhor de tudo: apenas uma das duas estava perdendo a virgindade pela segunda vez.

Coloquei um pouco do *carpaccio* numa torrada. A benção de Mette era necessária, mas eu não tinha certeza de que adiantasse muita coisa. Ela mesma passara por um divórcio, pelo retorno à condição de solteira e por um segundo casamento — mas eu desconfiava que essas experiências longínquas não eram comparáveis com aquilo que eu estava vivendo.

— Não sei — ela respondeu, mastigando as suas lentilhas. — Eu acredito na paixão, numa reação física e imediata a um homem. Você não parece estar loucamente apaixonada.

A pele sobre pele, a tal química de que falava o Moisés.

O aniversário da Sylvia se aproximava e o nosso amigo Germano resolveu dar uma festa para ela, em julho. O cônsul peruano abriu a sua casa, Sylvia convidou os seus amigos e Germano ofereceu a comida e a bebida. Tarde naquela noite, homens e mulheres se misturavam (ao contrário dos jantares da minha vida anterior) e amigos músicos tocavam e cantavam.

Será que o Germano estava a fim dela? Sylvia e eu não conseguíamos chegar a uma conclusão. Ele enviava muitos emails e fazia convites. Mas, além dos beijos tradicionais de bochecha, Germano não lhe tocava.

Em outubro, Martin recusou o meu convite para vir até o Rio e passar o Natal. Como é que ele podia preferir a neve a mim?

Naquele mês eu viajaria de novo, para a feira anual de livros, em Frankfurt. Antes de partir, esbarrei com Humberto na academia. Disse-lhe que esperava comprar alguns livros maravilhosos na Alemanha para o nosso mercado.

Mas a verdade era que fazia tanto tempo desde a última vez que estivera com Martin, que começava a torcer para encontrar algum agente literário ou editor — mesmo que fosse apenas para ter um caso passageiro.

Contudo, não esqueci o Humberto.

— Ele é perfeito — disse à minha colega Lenise, em Frankfurt, enquanto esperávamos o começo de uma reunião. — Aposto que você até o conhece. — Havia reparado no sobrenome dele, que era conhecido na sociedade carioca.

Num minuto, Lenise me fez um *briefing* sobre o casamento do Humberto, seu fim, e as preferências dele quanto às mulheres. O primo dela era cunhado de Humberto. Me animei, pensando em todos os livros e peças de teatro que iria compartilhar com esse engenheiro jovem e magro. E que tinha a minha idade, bem, a idade do meu perfil *online*.

Não houve um caso, nem um divertido editor inglês, nem um esperto agente americano — apenas a cansativa engrenagem das reuniões consecutivas para encontrar livros que poderiam vender bem no Brasil. E uma festa catalã com uma banda da qual fazia parte um baterista brasileiro, o que garantiu uma batida fabulosa e a chance de dançar justo na frente do palco.

Quando cheguei de Frankfurt, voltei a correr. Um dia, ao regressar da Lagoa, percorri, com dificuldade, a calçada quebrada e com fios abandonados — coisa normal na época. Me lembrei da vergonha que sentira durante o carnaval de 2006. Uma amiga francesa e os seus filhos estavam na minha casa e eu os levara a um quiosque na Lagoa para tomar alguma coisa.

Ao pôr do sol, a Lagoa era magnífica. O bar do quiosque Palaphita Kitch, com as suas cadeiras e mesas de madeira, espalhadas num chão forrado de serradura, tinha um ar confortavelmente rústico, e as caipirinhas, de uma grande variedade de frutas tropicais, estavam fora de série. Mas a calçada no caminho para casa... A minha amiga não disse nada, porém, pela primeira vez, eu vi aquela calçada com os olhos de um visitante. E a água fedia.

Já descrevi a beleza da Lagoa, mas a verdade é que o seu charme era proporcional ao ritmo da corrida: quanto mais rápido, mais bela. Se você desacelerava apenas um pouco, o fedor de excremento humano invadia suas narinas. Não havia banheiros públicos, e onde mais poderiam ir aliviar-se os vendedores de coco? E os moradores de rua?

Todos sabíamos, pelos infinitos relatos jornalísticos, que sempre citavam o mesmo biólogo, Mario Moscatelli, que havia dezenas de saídas clandestinas de esgoto na Lagoa. Todo verão, havia uma semana durante a qual morriam toneladas de peixes, e os cadáveres boiavam na superfície, emanando um mau cheiro infernal.

Por isso, enviei um email ao prefeito César Maia. Alguns anos antes, na casa de um vizinho, durante um coquetel de campanha eleitoral, ele me passara o seu endereço de email. Foi depois daquela eleição que ele começou a se comunicar eletronicamente com o eleitorado. Dizem que governava por email. No Rio de Janeiro, ele quase não saía na rua. Supostamente, viajava muito para Paris.

Já que estávamos experimentando um *boom* econômico e todos os bancos, lojas e restaurantes pareciam estar fazendo obras de reforma, seria uma boa hora para arrumar os espaços públicos, eu sugeri. O prefeito reenviou as minhas reflexões às autoridades relevantes — e, de repente, eu tinha um dia marcado para levá-los num passeio, pelos sete quarteirões da minha rua, que se estendia da Lagoa até a praia, a fim de apontar todo e qualquer defeito imaginável. Seria, de acordo com um dos meus novos contatos, o início do programa "Meu bairro, minha vida".

Enquanto o lema na bandeira brasileira é o positivista "Ordem e Progresso", a divisa norte-americana coloca tudo nas mãos divinas com o "Em Deus nós confiamos". A meu ver, houve uma troca. Deus — os brasileiros insistem — é brasileiro, está sempre lá para salvá-los de uma situação difícil. Se não, por que será que o Brasil é o único país da América Latina que não sofre grandes terremotos ou furacões?

Muitas vezes, os compatriotas de Deus tiveram que se virar com a ajuda dos meros mortais, mas isso geralmente acabou mal. Em 1985, o presidente Sarney, que tentava reduzir uma taxa mensal de inflação de dois dígitos, culpou os comerciantes. Em vez de cortar os gastos federais — a verdadeira causa da inflação —, que jorravam sem fiscalização e que frequentemente envolviam corrupção, ele impôs controles de preço. Incumbiu os homens e as mulheres do povo com a tarefa de dedurar os comerciantes que remarcassem os preços. Uma cena clássica do noticiário televisivo daquele tempo mostrava um freguês anônimo e indignado que, sozinho, fechava as portas de um supermercado. Para o povo brasileiro, esse homem era um herói.

Mas a inflação continuou a subir. Apenas em 1994 se controlou o aumento de preços, quando o governo enfim cortou os gastos, aumentou os juros e impostos, e desindexou a economia.

Fazia muito tempo que um líder brasileiro não levantava alguma bandeira de ideais, para depois cumpri-los. Até mesmo o governo esquerdista do líder trabalhista Lula da Silva, de 2002 a 2010, que tirou milhões da pobreza, foi notoriamente corrupto.

Se o meu amante argentino dos anos 1970 ainda estivesse vivo, talvez julgasse que sacrifiquei os meus ideais décadas atrás. O mesmo acharia o colombiano com o qual tive o encontro romântico no México e o equatoriano que escondia guerrilheiros na sua casa. Sim, estivera casada com um homem bem sucedido — e protagonizara uma vida de doce ignorância.

Contudo, assim que marquei um encontro com as autoridades municipais, andei para cima e para baixo na minha rua, anotando cada tampa de bueiro torta, cada fio solto, cada ondulação do asfalto. Escrevi tudo isso e enviei a lista para a mulher que estava organizando o "passeio".

Quando contei sobre a iniciativa aos meus colegas de trabalho, eles sorriam com pena e admiração. Meu ex teria feito a mesma coisa. Minha irmã ficou feliz; afinal, na nossa infância, era normal que os nossos pais nos mandassem dobrar, envelopar e entregar panfletos e petições aos vizinhos.

No fim de novembro de 2007, o Deus brasileiro fez cair chuva e deslizar lama, que ficou acumulada em duas pilhas gigantescas, uma de cada lado do túnel Rebouças, que passa por baixo do

Corcovado, morro onde o Cristo vela toda a cidade. De repente, o meu tempo de viagem até a editora aumentou de 20 para 45 minutos. Adiou-se o passeio na minha rua enquanto a prefeitura limpava a lama e colocava no morro uma estrutura de concreto, em forma de tabuleiro de damas, para que aquilo nunca mais acontecesse.

"Ainda é cedo para pensarmos em mudar de país. Precisamos nos conhecer melhor," Martin escreveu para mim, enquanto a lama ainda deslizava. Concordei. A distância entre os Estados Unidos e o Rio de Janeiro chegava a ser cômoda: eu era dona do número certo de calcinhas de renda para durar apenas uma estadia breve. Não precisava juntar Muesli e café com um namorado e um filho. Ainda mais, eu podia trair o Martin.

Essa era a minha intenção. Nada menos do que um embaixador, assessor de chefes de estado, me aconselhara a fazê-lo.

Quando chegou o dia de Ação de Graças, no fim de novembro, meu plano era passar o Natal com a família nos EUA.

— Não sei se deveria participar — Martin disse, hesitante. — Vocês devem ter todo um ritual familiar.

Escrevi de volta ao meu bom homem para explicar que, na verdade, essa era a primeira vez na vida que a família inteira se reunia para o Natal. Na minha infância, a gente não comemorava, e depois que os meus pais se divorciaram, a minha mãe se recusava a respirar o mesmo ar que meu pai. Mas os anos passavam e ela começava a esquecer quem era ele.

Difícil saber o que estava acontecendo com Martin. Escrevia para mim de dois em dois dias, mas alguma coisa o segurava.

— Não pense no futuro — minha ginecologista aconselhou, quando fui vê-la para uma revisão. — Tive um namorado francês por seis anos maravilhosos. A gente se via de três em três meses.

No começo de dezembro, eu estava em ótima forma ginecológica e morrendo de vontade de ir na Melt.

Meu tipo de homem não ia frequentar o local, provavelmente.

Mas minha filha dissera que lá havia gente de todas as idades.

Nos anos 1970, quando eu viajava pela América Central, o meu namorado colombiano se deslocou todos os dias, por uma semana, para a estação de ônibus na Cidade de Guatemala. Ficava me esperando, sem saber ao certo quando chegaria o meu ônibus. Será que todo sábado um homem ia à Melt para me procurar?

De repente, Sylvia estava muito ocupada. Por fim, Germano a beijara! E mais: nos momentos raros quando nos víamos, ela ficava direto no celular, enviando e recebendo mensagens de texto. Numa festa, Sylvia sorriu loucamente para mim durante um minuto, e depois fugiu para ficar sozinha com o seu novo amor. Eu não sentia inveja. Chegaria logo a minha vez.

Os meus filhos tinham uma solução. No calor do começo do mês de dezembro, trouxeram para casa o Strudel, um filhote de *minidachshund*.

Por pura consideração, para que eu pudesse conhecer homens, eles não o levavam para passear.

Eu, porém, andava muito distraída, sendo uma versão mais nova de mim mesma num *site* de relacionamentos.

Logo apareceu um advogado, alto e magro. Tinha a minha idade verdadeira, era um ator amador, fluente em inglês. Gostava de ler. Mas não ganhava muito dinheiro e morava no lado "errado" da cidade, na Zona Norte, onde voavam mais tiros do que na Zona Sul.

Em nosso primeiro encontro, dividimos um sanduíche e tomamos cerveja no meu lado do túnel Rebouças. Apesar do ceticismo quanto à sua profissão, renda e endereço, senti uma atração. Douglas fazia terapia, começava a enxergar as outras pessoas e a si próprio de maneira nova. Ele me olhava no olho, era inteligente, e se sentia feliz por estar vivo. Caminhamos para a minha casa, ele pegou na minha mão. A sensação foi boa. E ele era alto. Antes de me separar, eu jamais havia saído com um homem alto; o pintor fora o primeiro. Eu gostava da possibilidade da dominação física.

Douglas me ligou no dia seguinte, um domingo, querendo me ver de novo. Sylvia e Germano iam na minha casa tomar alguma coisa, expliquei.

— Posso passar aí também — disse ele.

Gostei da confiança.

Tomamos cerveja no meu apartamento, ele brincando com o pequeno Strudel.

Melhor ainda: quando o meu iPod começou a tocar uma música salsa, Douglas revelou que gostava de dançar. Descemos para tomar um chope no bar do lado do meu prédio, pois os meus amigos foram embora. Ele pediu linguiça fatiada com cebola. Espetando a linguiça com palitos, tomamos nossas cervejas e conversávamos; a noite chegava.

Ele limpou a boca e olhou o guardanapo. — Meu lábio está sangrando — disse.

— Deixe eu ver. — Era a minha chance para ser competente. Toquei-o suavemente, primeiro na face lisa e depois nos lábios macios. Sem poder precisar o que causara o sangramento do lábio, dei uma sugestão. — Talvez você precise de um beijo.

Os brasileiros não são tímidos ao beijar. Falo de beijar mesmo, em público. Douglas, porém, não soltou a língua uma vez que os nossos lábios se tocaram.

— Tá melhor — ele disse, e sorriu enquanto eu me afastava. Voltamos aos nossos chopes.

Apesar de uma chuva torrencial no meio da semana, fui vê-lo numa produção amadora de Shakespeare. Antes da peça, conversei um pouco com algumas mulheres na fileira atrás de mim, que também tinham aparecido por causa dele.

Douglas se deu bem interpretando um velho de bengala. Ágil, depois dos aplausos, saltou do palco e me deu mais uma bicada nos lábios, agradecendo a minha presença.

Alguns dias mais tarde, como presente de Natal, Douglas me ofereceu um CD de música brasileira. Me levou para ver uma peça baseada num livro de Dostoievski e passou a mão na minha coxa. Consequentemente, negligenciei o grande escritor russo.

Depois do teatro, enquanto comíamos uma pizza, Douglas me entrevistou para o cargo de namorada.

— Não quero ser pai de ninguém — avisou.

Eu disse que ele não precisava se preocupar com isso. Então Douglas falou que a sua ex não seria um problema; a relação acabara mesmo. Na verdade, ela era uma das outras mulheres que assistiam à peça de Shakespeare. Informações estranhamente gratuitas, todas elas.

Pelo menos, ninguém me dera um tapa quando ele encostara os lábios nos meus.

Conclui a minha candidatura ao dizer que ele era *sexy*, e confessei que eu era mais velha do que ele pensara. Nada demais, falou. Assim, tínhamos a mesma idade.

Douglas me levou para casa e, no portão do meu prédio, me beijou mais uma vez de maneira casta, prometendo que logo iríamos atender a atração mútua, assim que eu estivesse de volta da minha viagem natalina aos EUA.

Peraí, não havia tempo ainda?

Fazer, de fato, uma resolução de Ano Novo para não cometer traições não estava nos meus planos.

No dia seguinte, Marcelo, um amigo da Sylvia, telefonou. Ele estava à procura da futura mãe dos seus filhos, no entanto, tinha um amigo recém separado que podia se interessar em uma mulher um tanto menos fértil. Disse-lhe que estava para viajar, que ia visitar o meu namorado nos EUA.

— Mas você precisa de dois pares de óculos — argumentou Marcelo. — Um para longe e outro para enxergar de perto.

— Não — eu disse. Era melhor esperar até a minha volta. Três homens eram muita areia para o meu caminhão.

Na véspera da nossa partida para a minha cidade natal, os meus filhos saíram com o pai. Habilmente, convidei o advogado para jantar e cozinhei, enquanto ele se sentava numa cadeira, feliz, bebendo uma taça de champanhe nacional que alguém deixara na geladeira em uma das festas que organizara com a Sylvia — e que tinha gosto de aspirina.

Fazia tempo que Douglas estava no *site* de relacionamentos, me contou; ali conhecera a sua ex. Logo lembrei que, no nosso primeiro encontro, me dissera que havia deixado a sua mulher por outra. A boa e velha desculpa (que eu já acatara) "o caso acontece apenas porque as coisas já vão mal".

Então eu já estava no Grupo Especial da duplicidade. Depois do jantar, Douglas e eu colocamos Strudel na área de serviço e descemos no elevador para comprar um sorvete na esquina. Subindo de volta no elevador, o advogado me perguntou se havia uma câmera nos vigiando.

No meu sofá, Douglas tinha um jeito de passar os lábios nos meus até que ficasse com vontade de mordê-lo. Finalmente, ele me levou até o quarto e tirou minha roupa. Lá tive duas surpresas: 1) o pênis dele era o maior que já vira na minha vida; e 2) ele o usou muito rapidamente. Sinto muito, meninas, não posso quantificá-lo. Sim, houve um momento Tupperware (a sopa cabe?), mas eu estava arrebatada e cega pela luxúria.

Douglas entrou no meu chuveiro antes que eu pudesse me recuperar do susto. De madrugada, de manhã e de tarde, ele me enviou mensagens de texto. Queria mais. Me agradou muito, mas eu estava de partida.

Nos Estados Unidos, Martin comemorou o Natal conosco, falando de política com o meu pai e sobre os estudos com os jovens.

Me avisara que não queria passar o dia todo na casa da minha irmã — tinha que trabalhar — mas acabou ficando e parecia se divertir.

Como sempre, eu havia depilado os locais cruciais antes de viajar. Martin nunca comentou minha carequice, mas os preparativos e o resultado em si me levaram a sentir que o meu sobrenome era Roberts quando entrava na cama. Martin me segurava durante a noite, pertinho e quentinha. Seu apartamento peculiar era aconchegante, com os livros, a luz baixa e dourada, e um aquecedor portátil. Nunca paramos de conversar — sobre diferentes culturas, política, o desenvolvimento da democracia. Compartilhamos livros e artigos. Martin saía no frio para mudar o meu carro de lugar entre as vagas com limite de tempo. Também não se importava que eu não o acompanhasse nos seus passeios noturnos naquele frio de rachar.

Douglas enviava mensagens de texto e fez duas ligações para o meu celular, caras demais para ele.

— Te beijo onde você quiser — cantava, do Rio. — É só me dizer onde.

Martin beijava os meus tornozelos como se fossem portais, mas ninguém, jamais, se oferecera para me beijar onde eu quisesse.

Graças a Deus, essas ligações aconteceram quando estava sozinha. Ao lado de Martin, pensava apenas no meu parceiro americano de olhos azuis. Quando estava no telefone com o advogado, pensava no quanto ia me divertir quando chegasse em casa. Eu era *hot*! Fazia malabarismo com os homens!

Com tantas bolas no ar, por assim dizer, fui a Nova York para passar alguns dias com a minha filha, que morava num prédio de três andares sem elevador, perto de Times Square.

Passamos quatro dias conversando, comendo e fazendo compras, visitando museus e assistindo a programas de TV do tipo a que eu jamais assistiria em casa. De repente, um *reality show* sobre pessoas que competiam para perder peso era mais fascinante do que qualquer reportagem da CNN.

A Times Square estava perto demais, e era fria demais. Minha filha queria churrasco. Às nove da noite do Réveillon, saímos de um táxi, tremendo de frio, para entrar na Plataforma, uma churrascaria na parte baixa de Manhattan. Já era meia-noite no Brasil e, na hora em que chegamos, um telão mostrava como os fogos subiam na praia de Copacabana.

— Pena que a gente não está lá — lamentei, tentando me decidir se dava para tirar o meu casaco ou não, pois ainda sentia frio.

— Vou comer todo o pão de queijo, porque você mora lá e pode comer quando quiser — minha filha avisou, apontando a cesta de pão na mesa. Adoro pão de queijo, mas deixei-a comer tudo.

Perto da meia noite, liguei para Douglas do restaurante barulhento. Não atendeu. Mandei mensagem de texto. Não respondeu. Falei de namorados com a minha filha. Ela nunca dizia "eca". Queria que eu encontrasse um homem bom tanto quanto eu queria que ela encontrasse um.

Liguei para o Martin: uma conversa breve e melancólica.

Conhecemos a mãe e a filha da mesa vizinha, tomamos espumante e mastigamos com prazer a carne. Dançamos ao som de música brasileira. Nenhum homem, brasileiro ou americano, me agarrou para me levar para a pista. Ao estilo americano, a festa acabou antes das 1h30. E lá fomos nós para o ar polar.

Chegando em São Paulo no dia 2 de janeiro, esperando o voo de conexão para o Rio, liguei para o Douglas. Ele disse que não podia falar naquela hora.

De tarde, após de desfazer a mala e tirar uma soneca, ouvi o telefone. Era Douglas:

— Outra pessoa entrou na minha vida.

Ainda bem que eu não fizera uma lista dos lugares para ele beijar.

No final das contas, correu tudo bem. Sabendo (pensando que sabia) que um homem me esperava no Rio, curtira totalmente os momentos vividos com Martin. Havia visto lágrimas nos olhos dele quando nos despedimos, e não iniciei uma conversa sobre o futuro.

De volta à minha casa, sentia demais a falta dele.

Se eu fosse diplomata, com certeza seria enviada para a Sibéria por incompetência.

CARNAVAL, UM SHOW DE HORROR

Quando estava casada, passávamos o carnaval viajando, como fazia qualquer carioca das classes mais altas que se prezasse. Os turistas que tomassem conta da cidade, com multidões fedendo a cerveja, calçadas banhadas em urina, barulho, fumaça, pele suada e caos geral. Na minha família, o carnaval era para praias desertas, para esquiar no Canadá — e foi isso que os meus filhos fizeram na companhia do pai.

Estava felicíssima. Finalmente teria a chance de experimentar a depravação geral. Nos últimos anos, os cariocas que não saíam da cidade haviam reavivado o carnaval de rua com os famosos blocos. Os integrantes se vestiam conforme um tema e desfilavam, cantando, batucando, bebendo e fazendo farra.

Era isso mesmo que programei para mim. Ainda pensava naquela noite maravilhosa, no Rio Scenarium, e nos lábios aveludados do marinheiro Juliano. O carnaval, dizem muitos cariocas, serve para conhecer ou trocar de par.

Quando ficávamos no Brasil durante o carnaval, meu ex, brasileiro, assistia às duas noites do desfile no sambódromo, na televisão, até de madrugada. Mas, durante um carnaval passado numa ilha do Caribe, ele preferiu ler um romance de espionagem na praia, em vez de assistir ao desfile local. Eu perguntei várias vezes por quê. Finalmente, ele levantou os olhos do livro e explicou: naquela ilha, as mulheres não desfilavam de *topless*.

Como passei anos casada com esse homem, sem me dar conta desse tipo de predileção?

Solteira, no Rio de Janeiro, não ia assistir ao desfile de um camarote corporativo e com ar-condicionado, fazendo rolar pérolas de caviar pela língua e segurando pequenos arrotos de bolinhas de espumante. Nem iria vestir uma fantasia justa, pesada e com adereços na cabeça, sambando pela avenida fingindo saber a letra e voltando para casa de metrô, pingando paetês. E, com toda certeza, não iria ficar acordada até altas horas da madrugada, vendo o rebolado das carnes, em *topless*, pela televisão.

Conhecera Martin, um homem estupendo, que morava na minha cidade natal. Contudo, conforme Marcelo sugerira, seguramente eu precisava de um par de óculos para enxergar de longe e de outro para ver de perto. Por isso, minha missão era conhecer um homem no Rio de Janeiro. Eu ia ficar bêbada e beijar um monte de estranhos.

Concordava com Rita Lee, que escreveu a música "Amor e Sexo", com Roberto de Carvalho e Arnaldo Jabor: amor é bossa nova e sexo é como carnaval.

Sexta-feira à noite, após o expediente, na companhia de um grupo de amigos jovens, inaugurei as festividades dos cinco dias com caipirinhas e chopes. Dois deles se apaixonaram um pelo outro na mesma hora.

Um presságio fabuloso.

— Vamos procurar o bloco — propus. Saímos para a rua suja de lixo, onde camelôs ofereciam tiaras luminosas ou bebidas alcoólicas afogadas dentro de caixas de isopor cheias de gelo. Fazia tempo que o bloco acabara e não havia música. De repente, me senti muito cansada; entrei num táxi. Amanhã seria outro dia.

Mas acordei gripada e o tempo tinha virado: chovia e quase fazia frio.

No Rio de Janeiro, não existe nada pior do que tempo (quase) frio e chuvoso. Dizem os cariocas que desbotam sem o sol. Quando vivia em São Paulo e visitava o Rio, ao descer do avião, o céu sempre me cegava. Faz sol tantos dias do ano, no Rio de Janeiro, que a aparição de nuvens é como uma cortina preta caindo sobre a cidade: todo mundo permanece em casa, de luto. As pessoas ficam ranzinzas porque estão habituadas a caminhar, correr, nadar, surfar, remar, velejar, pescar, pedalar, fazer *wakeboard*, escalar, subir trilhas, pilotar um *jet ski*, fazer *windsurf*, mergulhar, fazer *snorkeling* ou *kitesurf*, ou simplesmente dar um mergulho no mar. Logo, um mero passeio no shopping ou uma sessão de cinema ficam sempre aquém. Quando chove, nem os assaltantes saem de casa. Muita festa já desandou por causa de chuva.

No Rio, o único charme resultante do tempo chuvoso são as fragatas que voam pelas correntes de ar — isso para quem se aventura além da proteção do guarda-chuva ou de uma marquise para examinar o céu sombrio.

O problema é que, numa cidade tropical e úmida, com tantas portas e janelas abertas (das quais muitas não fecham direito, produzindo, quando venta, um assobio que remete aos castelos da Transilvânia) não existe aquilo que em inglês se chama de *cozy*. A palavra mais próxima em português seria aconchegante, mas ela não comunica as lareiras, tapetes grossos e pijamas de flanela que *cozy* evoca em mim. Nos EUA, na época de Natal, toma-se *eggnog*, uma deliciosa bebida grossa e pesada que leva ovos, leite, creme de leite, noz moscada, *bourbon* e *brandy* — mas aqui, no calor, a ideia de tomar *eggnog* se torna nojenta.

Durante o inverno carioca, as pessoas bebem vinho tinto para se esquentar. Existe também um estranho hábito local de espetar pão francês e banhá-lo em queijo derretido — o fondue suíço. Mas, para quem está bem acompanhado, no inverno ou até no verão, o melhor remédio carioca para a chuva é atacar um pratão de feijoada e salvar a alma com um desfile de caipirinhas. Numa cidade tropical e úmida, eis o mais próximo ao *cozy*, sensação que considero ser a única vantagem dos invernos do hemisfério norte.

Em dias assim, é útil esperar a aparição de um arco-íris, que pode até demorar, mas que por vezes chega aos pares. O arco-íris também é um símbolo da homossexualidade: os quiosques na praia com bandeiras arco-íris são pontos de encontro para gays.

Apesar de o carnaval ser uma festa móvel, cai sempre em fevereiro ou março, meses de verão no hemisfério sul, quando as chuvas de fim de ano já se esgotaram e o tempo está simplesmente quente com muito sol — um grande incentivo para o comportamento mais devasso possível, algo que eu desconhecia e do qual jamais fizera parte.

Sentada em casa com o cachorrinho Strudel, enquanto os meus filhos esquiavam no Canadá, com as janelas fechadas contra os temporais intermitentes, eu assoava o nariz e lia manuscritos que levara para casa do trabalho. Às vezes, ouvia os carros de som passando na avenida — o samba bem alto — seguidos pelos integrantes dos blocos. Com o nariz entupido, levantava do sofá e olhava lá para fora. Os foliões — com flores, plumas, fraldas, vestidos e com peitos falsos, fantasiados de odaliscas, xeiques, ou piratas, usando máscaras de plástico e adereços piscando na cabeça — iam costurando caminhos de ida e volta para a praia, soprando apitos e o tipo de corneta que atormenta as arquibancadas em jogos de beisebol nos EUA.

Perto disso, o *Halloween*, o dia das bruxas norte-americano, é um chá de senhoras.

Durante cinco dias de expressão pessoal suprema, essas pessoas se fantasiam, se transvestem e se despem, sem preconceito. São rainhas, reis e coringas. No quesito divertimento, são ases.

E eu? Eu era apenas uma pessoa resfriada, uma gringa longe de casa.

Na rua, e quase sem pausa, homens descarregavam barris de chope para a calçada. O som metálico era mais um elemento na percussão da cidade. Certa tarde, num apartamento do outro lado da rua, começou uma festa de carnaval, os convidados bebendo e dançando, de máscaras e pouca roupa.

De vez em quando, Strudel e eu saíamos para a rua e passávamos com dificuldade pela floresta de pernas nuas, na esquina onde ficava um bar de sucos. Não conhecíamos ninguém.

Por cinco dias, fecha-se ao trânsito uma pista da avenida junto ao mar. No lugar dos automóveis, ficam os foliões esfarrapados, a maior parte turistas, vendedores de carne grelhada, pipoca, milho verde, cerveja e refrigerantes, Smirnoff Ice, churros, linguiças, cachorros-quentes e tapioca. Passeando com o Strudel, puxando-o com força para que não comesse lixo da calçada, reparei, desgostosa, que os vendedores de rua dormiam em barracas na praia. A prefeitura não se manifestava.

Não pode chover no carnaval!

Continuei a ler, a assoar o nariz e a falar com Strudel. Ele concordava comigo: em breve os meus filhos teriam as suas próprias vidas, os meus amigos estavam todos viajando — de que valia morar em uma das cidades mais belas e animadas do mundo se não tivesse nenhum motivo real para estar ali?

Mesmo quando os meus amigos estavam por perto, sentia que a minha conexão com o Rio estava enfraquecendo. Me tornara a única gringa cinquentona do pedaço. Meus amigos antigos eram casados. Meus amigos novos eram mulheres cheias de vida, na casa dos vinte, trinta ou quarenta anos. Mas, ao sair na noite com elas, me sentia cada vez mais surda e velha: a música tocava alto demais e os homens estavam focados demais nas reboladoras de cabelos longos, lisos e prestes a serem jogados de um lado para o outro. Strudel se tornava o meu companheiro mais próximo.

Se apenas tivesse seis meses mais de vida, pensei, queria estar perto da minha família. Conhecera um homem fantástico, que morava na mesma cidade que eles, mas não me esforçava muito para descobrir a importância que Martin tinha para mim. Parecia, além disso, que a minha incapacidade de beijar um bêbado desconhecido que fosse — muito menos vários —, era uma mensagem do universo. Se eu demonstrava, como advertira o embaixador Lívio naquele almoço de uma única caipirinha, tal incompetência na minha busca por um namorado carioca, talvez estivesse na hora de fechar para balanço.

Quase trinta anos depois de deixar os EUA, comecei a pensar no regresso. Procuraria um emprego na área editorial; encontraria alguma coisa, nem que fosse com livros didáticos. Estaria perto da minha mãe doente e da minha irmã sobrecarregada. Iria visitar o meu pai com mais frequência. E estaria perto da minha filha, que vivia em Nova York. Talvez os meninos se mudassem para lá também. Por que ser uma forasteira em um país injusto, banhado em urina?

Por mais de vinte anos, deixara que o meu marido brasileiro me convencesse de que o país dele era melhor do que o meu; que os brasileiros eram pensadores independentes e criativos — mais elegantes, mais inteligentes. Naquele carnaval triste, eu enxergava a verdade. Estava na hora de ir para casa. Era a oportunidade para descobrir se Martin seria o homem da minha vida.

Na última noite de carnaval, terça feira, estava trabalhando sentada no sofá. Voltei ao computador no quarto, por um momento, para fazer uma busca no Google. Havia um email — de um cara do *site* de relacionamentos. Cliquei.

"Olá" era o título da mensagem. Lera o meu perfil e o achou interessante. Na mesma hora que levantei para voltar ao livro, na sala, ele apareceu no canal de *chat* do *site*. Cliquei.

— Olá — escreveu.

— Olá — escrevi de volta.

Bem original.

Na verdade, ele era mesmo bem original, pois deixara a mulher após vinte e cinco anos de casamento e não tinha namorada à vista. Não só estivera casado pelo mesmo tempo que eu, como os filhos também tinham a idade dos meus.

— Minha ex não se interessa por cultura — disse-me. — Gosto de ópera.

Sendo que eu mesma acabara de descobrir a música clássica, considerei tal preferência um atrativo a mais. Além disso, ele era um banqueiro judeu e morava no Leblon. Fizera algo na vida. Possivelmente, não era um perdedor. Tudo isso levantou os cantos de minha boca num sorriso.

— Quer me ver? — ele me perguntou.

— Está vestido?

Enquanto eu contava a história do cara que apareceu seminu *online*, o meu pretendente ligou a *webcam*. Riu; tinha um bom senso de humor. O rosto era doce, inteligente, expressivo. Eu não tinha *webcam.*

— Estou gripada — reclamei. Ele me deu o nome de um remédio e trocamos os nossos números de celular. Morava em um apart-hotel.

— Vou sair para jantar, se não estivesse gripada, convidava você para me acompanhar — ele falou.

— Obrigada — escrevi de volta. — Vou comprar o remédio que você sugeriu, tomá-lo e me deitar.

Conversamos no *chat* por mais quarenta minutos, mas, a certa altura, a minha parcela de mãe judia prevaleceu e disse-lhe que ele deveria comer alguma coisa. Ainda bem, porque a farmácia estava fechando. Comprei o remédio, tomei-o e fui dormir.

Milagrosamente, na manhã seguinte, me sentia tão bem que saí para correr. Fazia sol, por fim. Depois do banho, enviei uma mensagem de texto ao banqueiro do *site* de encontros: "Você me curou!"

— Graças a Deus — ele respondeu. — Assim você não me processa.

O banqueiro sabia da tendência norte-americana para processar médicos e outros profissionais por negligência — e ele me sugerira um remédio. Outro bom sinal: conhecimento do mundo além do Rio de Janeiro.

Comecei a ler o jornal, mas sabia que, em breve, receberia mais uma mensagem.

— Estou caminhando no calçadão — disse. — Você não quer descer para me conhecer?

Levei o Strudel e fui sentar num frade, um daqueles obstáculos para desencorajar os motoristas que pensam em estacionar no meio fio. O sol brilhava no pelo do cachorro e esquentava as minhas costas de uma maneira gostosa. Legiões de cariocas mofados andavam a passos largos pela avenida, peito cheio e costas eretas, loucos para tomar um sol após quatro dias de chuva e bebedeiras.

O banqueiro me dissera que usava uma bermuda verde. Strudel e eu ficamos ali, atentos, prontos para o encontro de carne e osso.

E lá vinha ele, oscilando, sorrindo, deixando para trás a marcha dos adoradores de sol, vestindo uma bermuda verde-limão e uma camiseta cáqui.

Esse homem tinha muita pele. Saiotes de pele no corpo todo, em camadas sobrepostas. Tudo oscilava. Beijando-me em cada face, o banqueiro judeu disse:

— Oi. Fiz a cirurgia do estômago há três anos. Vou fazer a cirurgia de pele em quinze dias.

— Hum — respirei, como se tivesse acabado de beijar o papa. — Muito prazer.

Caminhamos até o fim da praia, no Arpoador, e de volta, com Strudel. O banqueiro falou e falou e falou.

Nunca mais o vi — acho. Pode ser que não o tenha reconhecido.

Quando cheguei em casa, depois que limpei as patas do Strudel, tocou o telefone. Era o corretor casado, de quem não tivera notícia desde a sua proposta para compormos um trio.

— Tudo bem?

"Tudo bem?" — assim começa uma conversa no Brasil, e é para responder "tudo bom", que é apenas outra maneira de dizer "tudo bem" sem cair na repetição: uma das muitas qualidades poéticas do português que a bossa nova capta tão bem. *How are you?* soa tão banal, em comparação.

— Tudo bom — disse eu, tossindo um pouco.

— Não te esqueci. Como vai tudo? Como estão os filhos?

— Estou bem, obrigada. Um pouco gripada. Os meninos foram esquiar com meu ex.

— Ah, que pena. É difícil falar de seu ex?

Antes que eu pudesse dizer sim ou não, ele continuou.

— Sabe, logo antes do Natal, eu estava a caminho do seu prédio — você não vai acreditar nisto, mas é verdade — com uma caixa enorme de chocolates. Acontece que minha mãe entrou no carro e perguntou para quem eram. Tive que dar a caixa para ela.

Moisés parecia entender que eu não estava bem o suficiente para recebê-lo, apesar do fato dos meus filhos estarem viajando, o que tornaria uma visita conveniente.

— Você pensa em mim? — perguntou.

— Sempre — disse, dissimulando.

— Por que você não me liga, então?

Podia fazer a mesma pergunta.

— Não sei. Meu coração e meu corpo são meio comprometidos — disse. — Sabe, o cara nos Estados Unidos.

— Não se trata de traição — explicou. — Se você pensar em mim devia ligar. Somos apenas dois amigos se vendo.

— Tá. Vou pensar.

— Promete que você liga no fim de semana que vem?

— Prometo. — Uma promessa brasileira.

— Quando você tiver vontade — concluiu Moisés — não se reprima.

A APRESENTAÇÃO

Strudel não era reprimido por ninguém. Mastigando tudo, roubava chinelos e roupa íntima, mijava e fazia coco no tapete persa, e aprendia a responder a algumas palavras: osso, passear, papar, *cookie*. Será que eu falava demais com ele?

Certa noite, depois do carnaval, os meninos saíram e tranquei o cachorro na área de serviço para ir à festa de uma amiga casada.

— Há algum solteiro aqui? — perguntei, depois de um tempo.

— Na verdade, sim — a minha amiga respondeu, apontando um homem da minha idade. — A mulher dele acabou de deixá-lo. Ela é professora de ioga, muito mais jovem, e ele é advogado.

Isso explicava tudo.

Já reparara nele, o cara mais bonito da festa. Depois de nos servirmos no *buffet*, fui atrás dele, sentamos lado a lado. Ele escutava música clássica, viajava muito a trabalho e havia morado nos EUA. Um tipo que me era familiar: lembrava meu ex. Mas, para que tudo não fosse idêntico, ao menos eu não era professora de ioga.

Depois, ele me ofereceu uma carona para casa. Quando entrei em seu carro elegante, pisei em alguma coisa fofa e pesquei um par de *shorts* do chão.

— Desculpa — disse ele, sorrindo muito, pegando os *shorts* e jogando-os no banco de trás. — Fui para a academia depois do trabalho, e daí vim direto para a festa, mudando de roupa no caminho.

Ao imaginar a acrobacia dele, sorri de volta, e fomos descendo a rua da minha amiga. Ele pegou um caminho mais longo do que o necessário até o meu apartamento, falando em voz baixa da sua separação recente, do filho pequeno, e da casa onde decidira ficar, apesar de ser um tanto isolada.

Lembrando o conselho da Rose sobre a caça, não o convidei para subir.

Ele deve ter seguido algum outro conselho, pois nunca telefonou.

Quem telefonou foi o Marcelo, que ainda torcia para que eu tivesse óculos de leitura. Finalmente, concordei em conhecer o amigo dele, e também dei uma olhadela no *site* de relacionamentos. Uau, achei o perfil de um homem bonito, que também corria, queria aproveitar a vida e adorava ler! Enviei um email. No dia seguinte, vi que ele lera meu perfil e... silêncio.

Em março, a cidade já se recuperara das enchentes e dos deslizamentos de terra. No dia marcado para o passeio, seis funcionários da prefeitura apareceram — um pouco atrasados. Avaliando os homens devidamente como candidatos a namorado, distribuí cópias da minha lista de queixas, e lá fomos nós. Em cada esquina, eles sacavam os celulares para fazer ligações urgentes. Não me apeteciam como namorados, mas ao menos concordavam com todas as minhas preocupações. Sim, a mobília urbana, como os técnicos chamam postes e bueiros, precisava de reformas. Inclusive as escadas rachadas e irregulares que levavam até a praia, no fim da minha rua. Fátima, a encarregada, disse-me que iriam começar as obras em abril, e que para tanto teriam que proibir o estacionamento na rua por alguns dias.

Sem problema!

No trabalho, me gabei. Como parte do novo programa "Meu bairro, minha vida", a Maria Quitéria seria a primeira rua de Ipanema a passar por melhorias — tudo por causa de mim.

Todos me felicitaram, embora com aquele mesmo sorriso de piedade. Coitados, pensei. Não conseguem acreditar em mudanças no Rio de Janeiro.

Fátima me enviou um email, dizendo que havia algumas dificuldades contratuais, mas que logo iriam começar os trabalhos. Isso foi em abril de 2008. Nunca mais eu ouvi falar do "Meu bairro, minha vida". Ao concluir que chegara a hora das mudanças, julgava ter previsto o futuro. Mas, as boas intenções não bastavam; faltava muito para o carioca abandonar os sorrisos de piedade.

Eike Batista, um magnata da energia e da mineração, chegou a ser o homem mais rico do Brasil. Mais tarde perdeu o posto, depois de muitas aventuras empresariais e pessoais, incluindo o casamento com uma *top model*, atriz e rainha do carnaval. A relação terminou quando se tornou pública a troca de mensagens de texto entre ela e um bombeiro galã. Para adensar a trama, um filho do casal atropelou e matou um ciclista a bordo de um Mercedes-Benz. No meio de tudo isso, Eike também teve um momento de clarividência: decidiu limpar a Lagoa por conta própria.

Se eu tivesse alguns milhões de sobra, também cuidaria da Maria Quitéria, e de algumas ruas vizinhas.

O ano de 2009 carimbou a virada do Rio de Janeiro, que na verdade começou dois anos antes — sem que muita gente percebesse. Foi naquele ano que o Comitê Olímpico escolheu o Rio para os Jogos Olímpicos de 2016. Em 2007 a FIFA anunciou que o Brasil seria o anfitrião da Copa do Mundo de 2014 (com o estádio do Maracanã sendo palco para alguns jogos, inclusive a final). A política também teria um papel chave.

Para se ter uma ideia do orgulho cívico que então floresceu, basta pensar naquela quarta-feira de cinzas de 2008, quando o sol saiu e os cariocas marcharam pelo calçadão depois do carnaval chuvoso — e multiplicar a emoção do dia por um milhão ou mais.

As dificuldades contratuais que atrapalharam a reforma da minha rua faziam parte de um emaranhado de burocracia que o Brasil desenvolvera no curso de séculos.

No coração desse emaranhado havia uma espécie de esquizofrenia: um *apartheid* urbano. Para realizar qualquer tarefa, um carioca tinha que gastar tanta energia nos detalhes das conexões pessoais, que quase nunca enxergava o quadro como um todo — o emaranhado e as suas raízes.

Só quando a segurança aumentou, o investimento começou a fluir e os cariocas abriram a cidade ao escrutínio e ao interesse do mundo — toda espécie de melhoria, pública e privada, começou a se espalhar pela cidade, inclusive em Ipanema.

E então, pudemos abrir os olhos e enxergar as verdadeiras mazelas da cidade — fiscalização praticamente nula, corrupção ampla, falta de continuidade dos programas governamentais e de participação dos cidadãos, pouca coordenação entre administradores e, enfim, desleixo geral. Às vezes, após o começo dessa virada, parecia que nada tinha mudado.

Diante de tantos entraves, o melhor que pude fazer foi cuidar que o meu salto não se prendesse nas rachaduras e buracos da calçada, e dar um jeito no meu próprio emaranhado.

Para me encontrar com o Marcelo e o seu amigo "óculos-de--ler-para-perto" em um bar próximo do meu apartamento, passeei com Strudel por um par de quarteirões, meio nervosa, e sentei com ele no colo numa mesa ao ar livre. Pedi um chope. Os homens estavam atrasados. Isso aconteceu na era antes dos *smartphones*; não levara um livro, comecei a me sentir desajeitada e irrequieta. Depois de um tempo, um homem alto, de cabeça raspada, chegou montado numa barulhenta moto Harley-Davidson. Estacionou-a na calçada e entrou, a passos largos, no bar. Logo saiu.

— Você é a amiga do Marcelo? — perguntou.

Strudel latiu. Pelo jeito, nunca vira um judeu de casaco de couro e com uma argola de ouro na orelha. Saul explicou que saíra de um emprego na área de sistemas e agora importava e vendia... casacos de couro. Na moto, mesmo que fizesse 40 graus, usava sempre um casaco. Era para proteger a pele de uma eventual queda; já caíra muito, tinha várias fraturas na ficha médica. Não revelei que a minha mãe me forçara a prometer que evitaria motos na época em que saía com o meu primeiro namorado, dono de uma. Essas instruções maternas são difíceis de abandonar.

O LANCE A MAIS EM PARIS

O mês de março de 2008 fora difícil, não apenas porque o prefeito me decepcionou. Foi o mês antes do casamento do meu ex, evento no qual não deixava de pensar, noite após noite insone. Martin e eu não tínhamos o costume de nos falarmos pelo telefone, mas um dia liguei para ele.

— Sei como é — disse, numa voz que lembrava a minha vitrola de infância, tocando uma música reconfortante sobre uma criança em busca dos sapatos perdidos. Era uma vitrola dentro de uma caixa, que abria e fechava, com um pequeno fecho de latão. Isso também era reconfortante.

Precisava de muito conforto. Como se faz para guardar e trancar vinte e cinco anos? Nem a lembrança de uma caixa com fechinho de latão podia garantir que as memórias e os sentimentos não escapassem.

Martin sabia, por experiência própria, que vinte e cinco anos de casamento não cabem em nenhum lugar seguro.

Da parte dele, terminara de escrever um livro e desejava comemorar.

— Quero estar emocionalmente disponível — escreveu, num email, depois de nossa conversa telefônica. — Uma vez, vi um homem usando uma camiseta com os dizeres "Emocionalmente indisponível". Não quero ser como ele.

Tive outra dose de conforto providenciada por um amigo da minha filha, Aziz, um saudita lindo, rico e brilhante, que passara pelo Brasil alguns anos antes. Na época, o levara, junto com os meus filhos, para uma churrascaria — onde bebemos caipirinhas, devoramos picanha, beliscamos pão de queijo e falamos dos planos dele de estudar antropologia, bem como das suas ideias sobre o futuro do petróleo e da democracia no Oriente Médio.

Alguns dias mais tarde, ele nos visitara em casa, e ficou comigo na sala, mesmo depois que os meus filhos saíram para ver o pai. Fiquei plantada na cadeira em frente de Aziz, suando, imaginando que havia uma infalível camada de SuperBonder entre mim e o assento.

Aziz tinha um *timing* ótimo. Um mês antes do casamento do meu ex, quando estava tomada pela dor — apesar da oferta que Martin fizera, de sua disponibilidade emocional —, o saudita confessou à minha filha que tinha uma paixonite por mim. Felizmente, ela era fã do seriado *Sex and the City* e me ligou para dar a notícia.

Podia uma gringa cinquentona ser gostosa? E, mais importante, se uma gringa cinquentona fosse deveras gostosa, o que ela iria QUERER?

E se não fosse gostosa, podia sonhar?

Pelo jeito, familiaridade com um lance a mais era o que queria esta gringa. O crítico literário Harold Bloom inventou o termo “ansiedade da influência”, para falar do fato de que os poetas jamais fogem à influência de seus precursores.

Aplica-se facilmente a ideia aos relacionamentos. Martin era inteligente como o meu ex e gostava de viajar, como o meu ex. Mas aí terminava a parte familiar.

O lance a mais era o sexo. Em Paris. Antes de partir para a Feira do Livro de Londres, chegou às minhas mãos *O belo sexo dos homens*, escrito pela filósofa francesa Florence Ehnuel, sobre como olhar — e apreciar — o corpo de um homem, dos pelos púbicos aos testículos. A autora descrevia o seu caminho inusitado de apreciação e observação. Supostamente, conseguia chegar sozinha ao orgasmo, apenas pensando num homem que viu na rua. Uma rua francesa.

— *Préparez-vous* — escrevi para o Martin.

Foi muita sorte. Martin tinha um compromisso acadêmico em Paris que coincidia com a Feira do Livro, desse modo, poderíamos ficar mais uma semana, sem gastar muito, no apartamento do centro acadêmico que o convidara.

Durante os quatro dias em que estive em Londres, Martin telefonava e enviava emails de Paris.

— Vê se consegue achar uma esponja para lavar a louça — ele escreveu. Não era um pedido muito *sexy*. Fazendo reuniões de meia em meia hora, com jantares, todas as noites, repletos de amigos e parentes londrinos, eu mal tinha tempo para comprar um chiclete.

Ele também enviava mensagens de texto. Às vezes, as mensagens diziam "hgpwpoerj". Outras diziam "Estou numa reunião." E algumas perguntavam "Onde está você?"

Em Londres, né?

Mais tarde, ele explicou que não conseguia teclar mensagens no celular, mas encontrara um jeito de clicar em algumas mensagens pré-programadas.

Em 1981, meu ex trouxe, dos EUA, o que deve ter sido o primeiro computador da Apple em São Paulo, se não no Brasil. Desde então, não parara de se atualizar.

Possivelmente, não apenas na área tecnológica.

Pelo menos, sabia que Martin pensava em mim. E eu nele, muito animada porque iria passar, finalmente, 24 horas por dia com esse homem com quem estivera por um total acumulado de três semanas — e sempre à noite. Imaginava jantares em restaurantes, clubes de jazz, passeios, cafés espresso e cigarros Gauloise. Iríamos nos conhecer melhor. A semana seria uma espécie de prova final. Se tudo desse certo, calculava, um retorno aos EUA seria o meu próximo objetivo. Mesmo que não fossemos morar juntos, poderíamos morar perto, sermos quase um casal.

Era um bom plano. Compartilhei-o com duas primas que moram em Londres, num jantar de macarrão e vinho, numa noite fria e chuvosa, depois de minhas reuniões estafantes.

— Você está louca — disse Sally, casada com um inglês.

— Totalmente — concordou Rosalind, jornalista como eu.

— Os Estados Unidos são uma chatice — Sally acrescentou.

Rosalind balançava a cabeça com vigor.

— Aqui, podemos tomar um trem para a Espanha ou para qualquer lugar na Europa. — Ela morara em Paris antes de se mudar para Londres, onde trabalhava na seção de livros e cultura do *Financial Times*. Entre nós duas havia muita coisa em comum.

— Mas, nos Estados Unidos, existem tantas universidades — protestei. — Tanta atividade intelectual.

Elas encolheram os ombros.

— No inverno, todo fim de semana, meu irmão vai para a mesma estância esquiar, onde nem montanha há, mas apenas uma colina — disse Sally.

Sabia que era para ter medo. Nos Estados Unidos, tudo funciona do jeito que deveria (e se não, isso logo salta à vista, e é consertado) e as pessoas chegam nos lugares na hora certa (é um exagero, sim, mas é tudo relativo). A maioria conhece os seus direitos e responsabilidades, e a justiça está ao alcance de qualquer um. Os imprevistos acontecem raramente. A consciência social é importante, tanto em pensamento como nas ações.

A minha irmã já me contou que todas as casas no subúrbio americano onde ela vive têm que preencher certos padrões. Ao fazer uma reforma, o dono de uma casa precisa provar a um conselho municipal que não está estragando o plano original da casa, entrada ou jardim.

Pode-se ver os Estados Unidos também como uma nação de metidos.

No Brasil, não posso esquiar ou ir para a Europa com a facilidade das minhas primas — mas no Rio, cada vez que passo pela porta de casa, alguma surpresa me aguarda. Às vezes surge da natureza, às vezes dos seres humanos. Ambos são menos moderados do que nos EUA e, quem sabe, mais verdadeiros.

Recentemente, a surpresa tem sido a capacidade da cidade para sair do longo período de decadência e começar a transformação. Pensara que o Rio de Janeiro seria sempre uma degenerada linda, voluptuosa e fatal.

E se eu fosse embora, o que faria nos EUA? Queria mesmo perder a emoção de, ao trabalhar numa editora, encontrar e comprar um grande livro, de torná-lo um *bestseller*?

— Veremos — disse às primas, sentindo-me um pouco repreendida. — Veremos como vai ser a semana em Paris.

Tomamos mais vinho e as minhas primas, sofisticadas, segurando guarda-chuvas por cima da minha cabeça, me puseram dentro de um táxi, na noite escura e chuvosa.

Pensei que o trem que passa por baixo do canal da Mancha seria como um meteorito subaquático, que haveria uma transformação arrebatadora de *God Save the Queen*, o hino inglês, para *La Marseillaise*, o seu congênere francês, com direito a alguma espécie de escape de última hora, sob a ameaça de uma repentina submersão.

Em vez disso, havia um túnel muito longo e um trem, onde sentei atrás de um bando de homens de negócios, um dos quais fez um sermão em voz altíssima durante as duas horas e meia da viagem. O único *frisson* que senti foi no vagão do restaurante (um balcão com micro-ondas), quando a garçonete, trabalhando sozinha, fez o troco em duas moedas e demonstrou ser bilíngue — e paquistanesa. Comi um prato gostoso de *curry* com arroz *basmati*.

Atordoada, meu coração batendo forte com animação e nervosismo ao pensar na semana que viria pela frente, saí da gare. O sol baixava lentamente, jogando derradeiras luzes em cornijas e janelas — um tentador *striptease*.

No Brasil, tão perto do equador, o sol se põe de uma hora para outra, *kabum*. A longa luz dourada de Paris evocava glórias. Dali a uma semana, quem seria eu, e onde iria morar?

Quando desci do táxi, numa rua estreita, abriu-se um grande portão azul.

— Vi seus pés — disse Martin, ao me beijar e abraçar, pegando a minha mala, me levando pela escada. Apesar de ter enviado instruções detalhadas sobre como entrar no prédio, ele foi me esperar atrás do portão.

Na primeira noite, o sexo foi de reaproximação, nada demais. Logo, porém, fazíamos amor de manhã e à noite, e também de tarde, no sofá. Encontramos uma boa posição para dormir juntos, pertinho. Um ótimo lance a mais.

Caminhamos pelos bairros de Saint-Germain e Le Marais, parando num bistrô na calçada, equipado com aquecedores portáteis. Martin não queria que eu pedisse comida por ele.

— Como vou treinar meu francês?

Me senti devidamente corrigida; tantas vezes estivera ávida, agressiva, competitiva. Foi bom que ele exigisse um espaço maior.

Uma manhã, muito cedo, na cama, falei o quanto sentira sua falta desde o Natal:

— Gosto muito de você — disse. — Estou pensando em voltar para os Estados Unidos. Penso nisso desde o carnaval. Afinal, porque ainda estou morando no Brasil?

Martin passou a mão no meu cabelo. Ele não queria essa responsabilidade.

Havia também a ansiedade da influência. Eu queria diversão livre, viver outra personalidade, ostentar a minha boina. Fumar Gauloises (o que fizemos — cof, cof) era só uma parte. Queria comer ostras (ele não gostava) e tomar vinho em um caro bistrô de calçada no Saint-Germain, beber *café au lait* e comer *croissants*, ir ao cinema, comprar roupa, ouvir jazz e tomar sorvete — enfim, fazer todas as coisas que sempre fizera em Paris.

Para esconder nosso mapa da cidade, Martin usava uma jaqueta azul clara, de zíper, com um bolso interno.

— Você acha que fico muito óbvio, com cara de turista, nesta jaqueta? — ele perguntava, aflito. A meu ver, a minha boina era mais problemática nesse sentido, mas adiantava pouco me preocupar com isso, no meio das multidões de turistas em Versailles. E estava chovendo, com filas enormes para entrar no palácio.

— Pelo menos estamos aqui juntos — disse, na voz mais consoladora que conseguia produzir, enquanto a fila simplesmente não andava.

Eu já estivera em Versailles antes e, mais tarde, enquanto nos arrastávamos de salão dourado em salão dourado, entendi porque a única memória que sobrava da visita anterior era de um corredor imenso, todo espelhado. Mesmo com fones de ouvido, mesmo na companhia de quem poderia ser o amor da minha vida, Versailles era uma confusão, gigantesco e chato.

Debaixo de uma árvore que pingava chuva, ao lado do Petit Trianon de Marie Antoinette, fechado para reforma, comemos sanduíches de patê e queijo, que eu inventara na nossa cozinha. Era romântico, ainda que um tanto frio — e uma refeição como aquela certamente não havia passado pela cabeça (antes de rolar) da dona do palácio.

Num dia de feira, fomos de trem até o subúrbio universitário de St. Denis, reduto de africanos do norte — que vendiam todo tipo de vestimenta muçulmana, extensões de cabelo de muitas cores e formas, além de utensílios de cozinha. Estava louca para comer *couscous*. Não conseguimos achá-lo em nenhum restaurante e o almoço medíocre que nos serviram foi caro demais.

Em Paris, nada era barato — e isso irritava Martin, o que, por sua vez, me irritava. Em Montmartre fiz algo ridículo: comprei um par de silhuetas de papel confeccionadas na hora, com apenas uma tesoura, por uma dupla de aproveitadores (imortalizando-me de boina). Percebi a tensão nos ombros de Martin. Depois, enquanto todo mundo desfrutava de um ambiente aconchegante e quente nos cafés, comemos mais sanduíches, sentados num banco, no frio.

O lance a mais continuava a ser descontraído e revigorante. As conversas também eram do jeito que eu gostava, incitando-me a pensar e a compartilhar mais. Assistimos a noticiários franceses enquanto jantávamos comida pronta, de supermercado, que era mais gostosa do que noventa e nove por cento dos pratos de restaurante no Rio. Para acompanhar, bebíamos vinhos deliciosos. Nada mal, nada mal mesmo.

No entanto...

A ideia de abandonar um ótimo emprego e voltar aos EUA, para estar perto do Martin, não era de todo louca, como advertiram minhas primas. A verdadeira loucura foi ter pensado que uma semana em Paris poderia ser, além de idílica, uma maneira prática de descobrir quanto se ama uma pessoa que mal conhecemos.

Ao chegar, antes da hora, para o meu voo de volta ao Rio de Janeiro, rolei a minha bagagem de mão, passando pelo controle de segurança e depois por uma livraria, até que surgiu uma escadaria no meio do caminho, que me lembrava uma viagem anterior — com meu ex. Desci outra escadaria e caminhei devagar pelas lojas de *duty free*, meus últimos passos de *flâneuse*. Mas, é claro, num aeroporto, nunca há muita coisa interessante.

Menos as despedidas. E, de manhã, eu já fizera a minha, com Martin. Acompanhara-o pelas escadas do Metrô, junto com a mala cheia de livros, mais duas maletas de mão penduradas num ombro mais velho do que ele inicialmente admitira, velho demais para fazer aquilo. Um dia antes, precorreramos parte desse caminho, uma espécie de ensaio, para que ele pudesse acertar, sem dificuldade, a entrada do metrô e o túnel correto até o trem que o levaria para o aeroporto. Martin pesquisara o trajeto todo no mapa, antes de escondê-lo no bolso da jaqueta azul clara, de zíper.

Havíamos nos beijado levemente. Nos abraçamos. E porque me pareceu triste demais, lhe dei mais um abraço forte.

As lojas de *duty free* ofereciam os perfumes, os lenços e as bolsas de sempre. Não precisava de nada disso. Queria comprar queijo (naquele dia, havia visto um arranjo impressionante na loja de departamento Bon Marché: grande, pequenininho, branco, preto, mole, redondo, triangular, verde), mas temia que, se comprasse algum, fosse confiscado na alfândega brasileira.

Estava com alguns livros, um sanduíche e uma maçã. Me fariam boa companhia no portão de embarque, durante uma hora ou pouco mais. Acabou a fileira de lojas e passei por um espaço vazio, no fundo do qual havia um café com mesas e cadeiras. Um rosto chamou a minha atenção. Apertei os olhos. Cabelo preto, longo, precisando de um aparo, camisa azul amassada, rosto meio gorducho. Olhei de novo. Seria um colunista de jornal que eu conhecera na companhia do meu ex? Se fosse o jornalista, não iria se lembrar de mim — era meu ex que ele conhecia. Mas aquele homem acenava com a mão.

Era François, claro! No Brasil, conhecido como Chico. Fiz sinal também. Ele me chamou para perto. Larguei a pacata ideia do livro e da maçã.

Beijinho, beijinho. Eu passara uma semana com o meu mais ou menos namorado. Chico visitara os pais numa cidadezinha famosa pelas ostras ali criadas.

Aquela mesma tarde, antes de ir para o aeroporto, eu desfrutara de uma meia dúzia delas: exuberantes, caras, uma expressão de minha rebeldia, servidas com uma taça de vinho branco Muscadet, seguidas por uma panqueca de limão siciliano e açúcar, e depois um café.

— Pensei em você ontem — falei, e ele fez cara de surpresa. Pensava no Chico com bastante frequência, porque admirava-o e o resultado do seu trabalho (reformava e construía moradias para pessoas de baixa renda).

— Fomos a St. Denis, você conhece?

— Claro — ele sorriu. — Nasci aqui.

— Martin gosta de passeios diferentes do normal. Fomos conhecer um subúrbio parisiense, sabe, o mercado que vende lenços para a cabeça e aqueles vestidos do Oriente Médio, com calças que combinam. E a catedral gótica.

Chico fez que sim com a cabeça. Pôs uma mão dentro da camisa e esfregou os pelos prateados do peito. Era um homem com uns quilos a mais, precisava de exercício e de um regime, mas a facilidade dos seus movimentos, o peso masculino dos seus gestos, eram tão afrodisíacos como degustar mais seis ostras.

Tomava vinho e me ofereceu uma taça. Recusei, não queria ficar tonta no avião.

— Pensei em você porque lembrei que uma vez você me contou que Paris é uma partícula no mapa se comparada com o Rio de Janeiro. St. Denis é uma cidade separada, certo? Levamos uma bela meia hora para chegar de metrô.

Chico abriu uma bolsa de mão e retirou o laptop. Em um minuto, me mostrava a partícula de Paris sobre o mapa do Rio.

— E Nova York? — perguntei. Ele clicou e apareceu a lasquinha que é Manhattan, superimposta no que parecia ser um estado, mas na verdade era apenas a cidade do Rio de Janeiro.

— St. Denis é um subúrbio que funciona direito faz tempo — disse Chico. — Os prefeitos do Rio derrubaram favelas e transladaram os moradores para conjuntos habitacionais, onde não havia ônibus, escolas, postos de saúde — não havia nada. St. Denis tem tudo — não apenas uma catedral gótica, mas uma universidade também.

Fomos para a fila de embarque.

Chico achava erradas as remoções de favelas realizadas nos anos 1960 e 1970, mas também criticava a abordagem mais recente, o programa "Favela-Bairro".

— Aceitar a favela e elevar as construções ao padrão do resto da cidade não faz nada para mudar a situação — disse, no corredor, enquanto esperávamos o fim do embarque.

O avião não estava lotado.

— Ainda há uma barreira grande, uma fronteira, entre o morro e o asfalto. Os serviços sociais não estão nem aí para as favelas. Você sabia que os mapas da cidade, nos anos 1970, as mostravam apenas como espaços em branco? Ainda não existe coleta de lixo, entrega de correspondência nem serviços de saúde adequados. O morro avilta seus moradores, e também degrada as encostas em si, o meio ambiente. Por isso, temos os deslizamentos de terra todos os anos. As favelas deveriam ser demolidas e os moradores deveriam ter acesso a empréstimos de baixo custo para moradia de qualidade aceitável.

Atravessando o corredor estreito do avião, olhei com surpresa para Chico.

Os brasileiros evitam dizer "Não". Raramente, dão nomes aos bois. Há décadas, debatem a existência do racismo, congratulando-se por nunca terem criado escolas, balcões de lanchonetes ou banheiros separados — como aconteceu nos EUA a na África do Sul. Ao mesmo tempo, muitas pessoas com alto nível educativo consideram os menos afortunados como uma subespécie: pessoas que realmente não sofrem com viagens de quatro horas de ônibus ou trem para ir trabalhar; pessoas que, quando uma bala perdida penetra a carne, sentem menos dor. Essa atitude começou a mudar quando o Rio iniciou uma política pública, em 2008, para ocupar, pacificar e integrar favelas até então dominadas por traficantes de drogas. Mas irá demorar pelo menos uma geração para que os valores igualitários se possam arraigar na *terra brasilis*.

— É bonita? — perguntei, certa vez, a uma brasileira de classe alta que me contava a história da empregada e dos dois rapazes que brigavam por ela.

— Para eles, sim, é bonita — respondeu ela. — Para nós, não.

Esse abismo ainda se observa facilmente ao entrar na cozinha (ou quarto de empregada) de uma casa brasileira de classe média ou alta. A menos que o casal tenha desenvolvido um fascínio por cozinhar (o que é uma tendência, e alguns *chefs* chiques até dispõem de duas cozinhas, uma para eles mesmos, e outra para a empregada preparar as refeições do dia a dia), a cozinha não tem água quente nem lavadora de louças. A ventilação é ruim e as panelas de alumínio reluzem de tão limpas e esfregadas.

Por outro lado, cada membro da família é abençoado com o seu próprio banheiro, anexo ao quarto. E que todos os dias passa por uma limpeza. Para quem foi criado na Europa ou nos EUA, como eu, é um verdadeiro luxo de reis.

Os brasileiros das classes mais altas parecem acreditar que expor as origens de uma refeição aos convidados seria como assistir a um vídeo de uma colonoscopia.

Em um de seus contos, a escritora Clarice Lispector descreve um almoço de senhoras, em que os "andaimes", ou seja, a cozinha, já foi removida antes da chegada das convidadas.

E você não pode deixar, em momento algum, que um convidado entre em seu banheiro particular, onde poderia desvendar a marca da sua pasta de dente. Não, é preciso ter um banheiro social, um elevador de serviço e uma sala totalmente livre de poeira, sem resquício da vida familiar tal como é.

Na música reveladora "Burguesinha", Seu Jorge e seus cocompositores Gabriel Moura e Pretinho da Serrinha deduram uma garota que vive gastando dinheiro, passeando de carro esporte, indo no cabeleireiro e na casa de praia.

No avião, Chico disse:

— Mesmo quando o governo constrói moradias populares, elas são de péssima qualidade, com paredes que racham, problemas de saneamento e de abastecimento de água.

Me lembrei de uma antiga vizinha, uma mulher que morava ao lado da nossa casa gigantesca, em sua própria mansão. Tinha trinta cachorros ou mais. Quando a levamos à justiça por causa do barulho que faziam, mostrou ao juiz fotos do canil, vangloriando-se de que a moradia dos cães era melhor do que grande parte das casas para seres humanos no Rio de Janeiro.

Chico pegou a minha sacola de lona verde e colocou-a num assento, no meio de vários que estavam vazios.

— Vai poder deitar e dormir — falou, passando os dedos pelos cabelos abundantes.

Agradeci. Ainda no corredor, conversamos mais um pouco. Alguém sentou na fileira onde Chico colocara a minha sacola. Ele a catou e guardou outra fileira. Veio mais alguém para sentar. Chico fez mais uma jogada.

Isso era malícia, pensei. Por ser francês, Chico era mais direto do que a maioria dos brasileiros. Por morar tanto tempo no Rio, porém, já adotara a receita vencedora de inteligência, iniciativa e atenção. Sabia se virar.

Malícia foi o que criou as favelas em primeiro lugar — mas talvez seja também um elemento necessário para acabar com elas.

Os brasileiros — e os portugueses antes deles — construíram o país com mão de obra escrava e, após a abolição, com mão de obra barata. Aqueles que mandavam não consideravam que os trabalhadores merecessem os mesmos direitos e deveres do que eles desfrutavam. Por séculos, os mais pobres ficaram fora da esfera formal de empregos, moradia, educação, saúde e justiça.

Alguns dizem que o Brasil é o que teriam sido os Estados Unidos se o Sul tivesse ganhado a Guerra Civil americana. Não sei se é verdade, pois aqui nunca se impôs o racismo pela lei, ele nunca ficou patente do jeito que se manifestou no Sul dos EUA. Se essa diferença é positiva ou negativa ainda está por saber. Mas, no Brasil, a escravidão com certeza deixou um legado profundo, por exemplo, a tendência de evitar trabalho tedioso ou braçal — de acordo com o historiador brasileiro Sérgio Buarque de Holanda, a antipatia ao trabalho começou antes da escravidão, surgindo da propensão portuguesa de procurar dinheiro fácil e cargos de poder.

Portanto, é difícil abrir mão do conveniente hábito de manter por perto um exército de empregados baratos e facilmente controláveis.

E, para quem chega de fora, é também um hábito muito fácil de adotar. Na minha vida anterior, contava com uma equipe para limpar, cozinhar e fazer jardinagem na minha casa grande, mais um motorista para fazer as compras e levar as crianças para o colégio, aulas de flauta e treinos de hóquei em patins. Não se tratava da divisão do trabalho, enfim? De dar emprego?

— O que fará o gari? — um carioca me perguntou, uma tarde, quando lhe pedi que pegasse o lixo que jogara na praça.

Festas com empregadas, cozinheiras e garçons são encantadoras. Como nobres, os anfitriões e convidados deslizam pela superfície de um evento, produzido por dezenas de mãos dispostas a se sujarem durante o serviço.

Porém, a disponibilidade dos empregados criou e perpetuou um estilo de vida antiquado e explorador.

Nas minhas memórias juvenis, tirar o lixo da cozinha e podar as roseiras não eram momentos de felicidade radiante, mas sei que uma democracia plena assenta, entre outras coisas, no reconhecimento de que não somos privilegiados por nascença. Há tarefas desagradáveis em toda sociedade e todos devem compartilhá-las.

Crianças que nunca fazem uma cama ou lavam um prato irão se tornar adultos iguais ao dono de uma casa, em um condomínio, que quis acabar com a praga dos vizinhos que, com as festas e convidados, ocupavam um número inaceitável de vagas de estacionamento.

Primeiro, como presidente do condomínio, limitou o número de vagas por casa. Mas, depois, criou uma exceção, explicando:

— É uma regra para eles (os vizinhos que faziam festas e tinham convidados). — Não para nós (o grupo central, todos amigos, que compraram as casas em conjunto).

Membros da elite carioca não escondem o repúdio pelo trabalho duro. Brincaram com o slogan "*Yes we can*" de Barack Obama, durante a eleição americana de 2008, trocando-o pelo brasileiríssimo "*Yes weekend*".

Chico queria mudar tudo isso.

E, sem reparar que ele era mais um na longa série de guerrilheiros e lutadores, eu sentia uma vontade profunda de levantar armas ao seu lado. Queria ser Maria Bonita e, tal como ela, cruzar cintos de couro, cheios de munições, sobre o meu coração valente. Mas em vez de roubar, iria ajudar Chico a oferecer moradia de baixa renda, de qualidade e com infraestrutura adequada.

Nos assentos que, após quatro tentativas, Chico reservara para mim no avião de regresso ao Rio, mal consegui dormir.

Depois de chegar em casa e desfazer as malas, fui escrever um email ao meu companheiro de viagem aérea, imaginando, daquela forma, reproduzir o espírito do meu pai quando se ofereceu para lutar na Segunda Guerra Mundial.

Chico me convidou para ir à casa dele, num fim de tarde, para conversar sobre a causa: fazer do Rio de Janeiro um lugar mais igual e justo. Talvez houvesse um emprego para mim. Colocou Miles Davis no som da sala, e sugeriu que eu me servisse de um uísque com gelo.

Finalmente, um francês, como recomendara a minha ginecologista. E, ainda por cima, sem que eu tivesse que me mudar para a França.

A conversa voltou-se para o passado, percorrendo nossas carreiras e vidas, nossas escolhas e crenças.

— Minha ex-mulher jamais entendeu porque trabalho tanto — disse. — Para mim, é mais importante do que qualquer outra coisa.

— A ética protestante do trabalho — respondi, fazendo referência ao conceito de Max Weber, o sociólogo alemão. No começo do século XX, ele reconheceu que um fundamento da sociedade norte-americana residia na ideia de que o trabalho era um dever do cidadão, beneficiando tanto o próprio cidadão como toda a sociedade.

— Aqui, a família é mais importante do que o trabalho. Mais do que o lazer também.

Claro que Chico era divorciado. Tinha filhos e um cachorro. Eu sabia que tivera algumas namoradas, mas naquela noite não falou delas.

Catamos todos os fios de conversa que deixamos pelo caminho. Amarramos tudo — menos o emprego, que pagaria menos do que o meu salário na editora. Foi tão envolvente e completo que, na noite em que saí do prédio do Chico, apenas duas semanas após deixar Martin na estação de metrô, para logo mergulhar em ostras e Muscadet, uma gringa solteira em Paris, não consegui achar o meu carro nas ruas do Rio. Andei para cima e para baixo várias vezes, até que saí do meu estado de fascínio e vi que estava exatamente onde o deixara.

Iria dizer ao meu amigo Jim que já sabia o que queria: um homem totalmente entregue ao mundo e ao mesmo tempo um sonhador, um homem com malícia.

Não me dei conta de que a resposta à pergunta "O que você quer?" implicava saber onde tinha deixado o meu carro e, antes de pegar no volante, determinar qual o melhor caminho para chegar no meu destino.

Em outras palavras, como foi que cheguei no Brasil? Como foi que deixei de lado a carreira mal paga de jornalista para dar vez ao percurso de sucesso de um marido bonitão? E se a desigualdade do Brasil me perturbava tanto, porque não tentara alguma coisa a esse respeito, eu mesma?

Desde a faculdade, quisera fazer alguma diferença no mundo. Foi tão bom imaginar eu e Chico, agarrados um ao outro, lendo, debatendo, fazendo reuniões, brincando, completando ligações telefônicas, organizando e participando nos eventos mais dinâmicos da cidade. Eu me criara com a ética protestante; ele nascera na Europa. A gente se entendia.

Chico era francês, como também era a filósofa Florence Ehnuel, plena de imaginação sexual, autora do livro que ensinava a apreciar o corpo masculino. Ele seria arrojado na cama. Tentei não me lembrar das atenções carinhosas do Martin, em Paris — o Martin sólido, constante, amoroso. Mas também velho e rígido, que morava numa torre de marfim, interessado apenas naquilo que aparecia na porta dele.

CONSELHEIRA DOS APAIXONADOS?

Fui de táxi, certa noite do mês frio de junho, para um teatro no Centro da cidade. Quando entrei no carro, o motorista iniciava uma conversa ao celular (sim, falar ao volante é proibido no Brasil, mas as pessoas persistem em violar a lei).

— Boa noite. Estou ligando para conversar sobre algumas contas que temos em comum. Você sabe que temos muitas contas em conjunto e precisamos nos decidir sobre como vamos lidar com isso — disse ele, num tom de raiva amordaçada. — Muito bem, sim, então me ligue de volta. Aguardo sua ligação.

Após terminar, ele virou no assento para falar comigo.

— Estou mal, minha senhora. Acabamos de nos separar. Falei tanta maldade, tanta coisa que não devia ter dito.

Era um rapaz bonito, nos seus trinta anos.

— Quanto tempo estiveram juntos?

No Brasil, era mais eficiente fazer essa pergunta do que tentar saber há quantos anos durava um casamento. Ao contrário dos norte-americanos, muitos casais aqui nunca chegam a casar no papel.

Estiveram juntos sete anos. E ela era mais velha, tinha 37. Brigaram numa noite quando ele trabalhou até tarde, levando — e depois buscando — um turista para uma área perigosa do Rio, o que deixaria qualquer um nervoso. Mas ela não se importava com o perigo, apenas queria que ele fosse para casa. E, naquele dia, o motorista já tinha se zangado porque a mulher se esquecera de pagar uma conta. Mesmo assim, ele regressou a casa. Dividiram a cama uma última vez.

— Estava com frio. E três vezes ela me cobriu — disse o taxista. — Três vezes.

Mesmo num clima tropical, o amor é aquecer o outro. Ou será que os homens precisam de uma mãe, acima de qualquer outra coisa?

O cobertor três vezes: um detalhe estranho para marcar uma relação.

— Você vai achar outra — assegurei. — É difícil, mas vai esquecê-la. Fui casada por vinte e cinco anos e estou solteira há três. Estou bem.

Estava tão bem que sabia o que queria, mas aquele que eu queria não tinha retribuído. Ainda não recebera uma ligação do Chico, dando seguimento à nossa conversa, nem por trabalho, nem por prazer.

O prazer, na verdade, estava dando muito trabalho.

Martin enviara um email para dizer quanto havia gostado de uma foto sua que eu tirara na rua, no dia em que deixara Paris, na qual ele estava carregado de bagagem. Mas o email não continha nem demandas ("Venha para cá, mude de país!") nem planos ("Vou visitar!").

Pelo jeito, ia ter que dar um jeito.

— Não, que nada, ela foi tão boa comigo — insistia o motorista de táxi. — Me ajudou a comprar esse táxi. Antes, eu dirigia o carro de outro cara e tinha que pagar para ele uma parte da féria. Ela me ajudou tanto, resolveu a aposentadoria da minha mãe. Não quero estar com outra. — Mudou de tom. — Falei coisas terríveis. Sabe o que eu disse? "Você não presta atenção em mim. Você não me ama de verdade. Você só tem valor como amante de homem casado" — ele deu um suspiro baixo. — É que antes, por nove anos, ela ficou com um cara casado. E eu lhe disse: "Você só podia estar com ele quando ele queria. Você só presta para isso".

— Ela nunca teve filhos? — perguntei.

Fez que não com a cabeça.

— Tínhamos planos. A grana estava curta para montar um apartamento. A gente ia ter filho depois que ela fizesse trinta e nove.

Parecia se tratar de uma mulher que fugia da intimidade. Eu sabia disso: apesar dos meus filhos e de uma união duradoura, no dia a dia me afastara do meu marido. Sabia o que era ser emocionalmente indisponível. Fisicamente, também. Os vinte e cinco anos de casamento haviam sido meio robóticos.

Sugeri que o taxista entendesse e aceitasse a realidade, que procurasse outra mulher antes que fosse tarde.

Não, ela era a mulher da vida dele, insistia. Queria que ela voltasse, a trataria melhor.

— Já fiz de tudo. Liguei muitas vezes, mas ela não quer falar comigo. Fui à casa dela. Deixei recado. E nada.

— Sei como é. Conheci um cara e ele não me ligou.

— Preciso voltar com ela.

Quase chorava. Saímos do Aterro, por onde se pode trafegar em alta velocidade, à beira da baía de Guanabara, para entrar, desacelerando, no Centro da cidade.

— A senhora, como mulher madura, o que acha? Há alguma coisa que eu possa fazer para ganhá-la de volta?

Por demasiado tempo, guardara a esperança ridícula de que meu ex voltaria. Nos meus momentos mais solitários, parecia uma boa ideia deixar todos os homens desconhecidos definhando em algum outro território, um país no qual, podia dizer para mim mesma, não tinha qualquer interesse em pisar.

A Melt se encontrava nessa terra. E por mais que eu pensasse que queria conhecer os homens que a frequentavam, seria sempre mais cômodo sonhar do que adentrar no ambiente de luzes, fumo e bola de espelhos.

— Compre as flores mais bonitas que você puder achar. Escreva num cartão: "Nada dura para sempre. Mas nosso fim não chegou ainda. Vamos tentar?"

— Pode repetir?

Repeti as palavras que ainda gostaria de dizer ao meu ex.

Mas não se mandam flores para um homem.

— Flores ou uma planta? — perguntou o motorista de táxi.

Disse-lhe que devia pensar no que mais agradasse à mulher. Falei que, pessoalmente, preferia plantas, porque não é preciso cortar os talos, colocar num vaso, limpar a sujeira.

— Vou ligar para o irmão dela, para ver onde ela está, saber para onde enviar a planta.

— Não. Mande para a casa dela. Na floricultura, vai ter um cartãozinho. Você pode escrever a mensagem e colocá-la num envelope. A família dela verá a planta e o cartão, e todos vão querer saber quem os enviou. Quando ela voltar do trabalho, vai abrir o envelope. Terá que dizer a todos que veio de você, e então vão lembrá-la que você é um jovem simpático e direito.

Ele virou de novo no assento, desta vez sorrindo.

— Acha que vai funcionar?

Disse que não sabia, mas não havia nada a perder.

Quando chegamos ao teatro, ele me agradeceu por ter tornado memorável a corrida.

— E o cara vai ligar — acrescentou.

— Que cara?

— O cara que você quer que ligue. Vai ligar.

Esquecera o Chico por completo.

MUDAR PARA A FRANÇA?

Era junho e tinham passado dois meses desde a viagem para Londres e Paris. Talvez devesse seguir o conselho da minha ginecologista, deixar a vida fluir, ter aventuras, viajar, parar de me preocupar com namoros.

Ninguém me queria para um relacionamento de longo prazo? De curto prazo? Que tal um almoço?

Em julho, a academia que eu frequentava me mandou fazer uma revisão cardiológica.

— Você tem o físico de uma atleta — disse o médico jovem e bonito (suspiro), após completar os exames. — Está correndo muito aquém de seu potencial. É como se tivesse utilizando apenas um pulmão.

Com orgulho, contei o fato aos meus filhos.

O mais novo sugeriu que eu pudesse correr e fumar ao mesmo tempo.

Resolvi correr a Lagoa toda, no ritmo mais rápido possível. Consegui reduzir meu tempo por alguns minutos, ficando em 41. Durante aquela corrida, pensei ter visto um rosto familiar. O corpo era diferente, porém. Quando ele passou pela segunda vez — e sorriu amplamente —, vi que era o corretor. Fumante quando o conhecera, sumira por um ano, e hoje corria bem mais rápido do que eu.

De novo, a Festa Literária, em Paraty. Desta vez, cuidei de um autor francês, brilhante e arguto, que dançou a noite toda comigo, no show de abertura. Na ausência de algo mais sério (ele era casado e eu certamente não procurava mais um relacionamento a longa distância), simplesmente me diverti. Parecia que talvez pudesse dedicar pelo menos uma parte da minha abundante energia sexual ao trabalho.

Seguir em frente; alguém iria aparecer. Todo mundo dizia isso e, por fim, eu começava a acreditar neles. Esqueci a Melt.

Julho em Paraty é frio e úmido, mas eu sentia calor. Assim começou a menopausa, um ano depois de uma conversa com Martin que o deixara mais branco ainda, pois mencionei que era possível engravidar de um filho seu.

Logo achei um remédio natural homeopático que me ajudou. Mas estava suando por dentro. Sabia que não era verdade que a menopausa murcha as mulheres, que diminui o interesse sexual. Certo?

Talvez fosse apenas a inconveniência de morar longe do Martin (e também, possivelmente, o conselho do embaixador) que me levara a entrar repetidamente no *site* de relacionamentos Parperfeito.com, mas começava a entender que a força motora desse impulso era a solidão e a humilhação de ter sido abandonada. O *site* me atraía mais (quase se tornando uma obsessão) quando os meus filhos estavam viajando com o meu ex e a sua namorada, agora mulher.

Ter consciência disso não servia de consolo. Às vezes, tinha a certeza de que devia procurar toda e qualquer possibilidade afetiva no Rio de Janeiro, da mesma maneira que se toma uma água de coco, metendo o canudo em todos os recantos para pegar as últimas gotas.

E, quanto mais você participa num *site* desses, mais você aparece e pode ser visto.

Assim, em agosto, surgiu um homem dizendo ter cinquenta e poucos anos (mais velho do que a idade falsa do meu perfil, e, provavelmente, mais velho de fato), um tanto acima do peso ("mas tanta gente é", o texto dele dizia), com uma referência poética no perfil. Mandou uma mensagem dizendo que gostara do meu perfil e queria me conhecer.

Foi um pouco antes de uma viagem marcada para os EUA, onde participaria da festa surpresa para comemorar os oitenta e cinco anos do meu pai. Iria ver o Martin e até ficar na casa dele. Mas na minha cabeça, depois de Paris, depois de meses de contato superficial, imaginava que o que nós iríamos fazer juntos era terminar a relação.

Apesar de Chico nunca ter me oferecido um emprego, nem mais um uísque acompanhado de Miles Davis, a conversa com ele mudara a minha impressão da cidade. Não pensava em ir embora — e Martin não cogitava sair dos EUA.

O papo reto do Chico, sobre a cidade e os pobres, acordara o meu idealismo há muito adormecido. Talvez fosse possível haver uma mudança, apesar das atitudes enraizadas e das barreiras socioeconômicas.

— Venha me encontrar na praça Nossa Senhora da Paz, em Ipanema — meu novo candidato a namorado comandou pelo telefone. — Sete horas.

De acordo com o *site*, era um homem de negócios boêmio, que morava em Copacabana.

Apesar do homem seminu do *site*, num apartamento brega de Copacabana, com seu armário embutido, eu deixava de discriminar aquele bairro e me sentia mais aberta aos moradores de Copacabana. Já fora chique, a vista é estupenda e os apartamentos são antigos e, muitas vezes, enormes, com o pé direito altíssimo. Além disso, nenhum homem de outro bairro estava fazendo pontaria no meu coração.

Assim, conheci o Ariosto, que em francês, em frente ao meu bar de sucos local, tentou me arrebatar — mas me deixou ofegante.

— Vamos pelo menos falar um idioma que seja nativo para um dos dois — sugeri.

Sentamos no outro lado da praça, numa mesa na calçada do Bar Informal — uma espécie de Friday's brasileiro, pois faz parte de uma ampla rede. Tomamos chope, um cada. Não demoramos a descobrir amigos em comum.

Contudo, toda hora Ariosto parava de falar e me encarava. Também, como uma criança ou um cachorrinho, quando queria falar, roçava no meu braço. Meu horror aumentava, mas não deixava de olhar para ele.

Talvez adivinhando os meus pensamentos, ele explicou:

— Hoje é um dia diferente. Os meus amigos vieram almoçar em casa e bebemos muito.

OK.

Pausa.

Nós nos encaramos.

Para preencher o silêncio, comecei a falar do meu trabalho, dos erros engraçados de tradução, que encontrava enquanto editava.

— Sim — ele disse, com conhecimento de causa. — A melhor tradução já feita foi pela poeta Elizabeth Bishop.

— *O diário de Helena Morley* — respondi, mesmo que estivéssemos falando de traduções do inglês para o português.

Me agarrou pelos dois braços:

— Você sabe!

Essa é a dificuldade de morar no Rio. Bela paisagem, grande estilo de vida, mas uma falta de gente que leu os mesmos livros, que viu os mesmos filmes, que ouve a mesma música. Quando você encontra um, é a sua alma gêmea.

Pausa.

Olhos nos olhos.

Estava ficando cansada.

Por muito tempo, o Brasil foi um país relativamente pobre, com pouco acesso à educação superior. Este balneário carioca é uma variedade de ilha deserta: é preciso trazer bons livros.

E que tal um estrangeiro — mais um gringo — que tivesse aportado no Rio?

Antes de viajar para os EUA, limpei o meu próprio armário embutido, ele mesmo um tanto brega. Juntei roupas e sapatos, que não usava fazia tempo, e dei para a Maria José, a empregada paraibana que aguentava e arrumava a bagunça dos meus filhos e do cachorrinho. A minha também.

O espaço vazio que resultou da limpeza do armário era alentador. Não houvera ainda necessidade de mediação entre um amante de visita e os meus filhos, que só sabiam falar "eca" diante da minha vida amorosa; muito menos precisava de espaço livre no armário para as camisas sociais de algum namorado. Mas, pelo menos, teria lugar para a roupa que eu seria capaz de comprar.

Com o armário vazio, fui para uma festa de estudantes estrangeiros, que moravam numa cobertura. Adoro vistas; logo fui galgando a escada em espiral até o terraço, que dava para uma favela e o bairro classe média do Flamengo.

Em 2008, uma vista para a favela não era um atributo muito procurado. Antes, eu estivera noutra festa, numa ponta da praia de Copacabana, falando com um rapaz bonito, apoiada na mureta da varanda, olhando o mar. Uma luz cor de rosa correu o céu, do morro do Cantagalo em direção à água — cena marcante que se repetiu mais duas vezes.

Achei que fosse algum tipo novo de fogos de artifício. De repente, me dei conta de que eram balas traçantes — projéteis que atravessam quilômetros.

Mas naquela noite de festa, no terraço, a favela do Tavares Bastos estava calma (o que era normal, pois durante anos hospedou um batalhão da Polícia Militar), e eu bebia cachaça envelhecida, dourada. Com a lua e o Cristo aparecendo e sumindo nas nuvens, conheci dois gringos: um norueguês, o outro inglês, empregados em grandes empresas de petróleo. O litoral do Rio contém enormes reservas de petróleo e a maior parte da comunidade de expatriados trabalha nessa indústria.

— Ah, petróleo — falei, tentando dar algum ímpeto na conversa. — Meu ex-marido fez consultoria nessa área.

— No nosso tempo livre, procuramos petróleo no pré-sal — disse o inglês.

— Sim, acrescentou o norueguês. — Na praia de Ipanema.

Tomei um gole de cachaça e ensaiei uma cara de perplexidade.

Os dois começavam a surfar, esporte que qualquer um pode tentar no Rio, onde há escolas de surfe em quase todas as praias.

O inglês imitou o norueguês fugindo das ondas, amedrontado:

— Minha lente de contato, minha lente de contato — gritou, num falsete que lembrava mais algum velinho, jogador de bocha, do que surfista.

Pensando no contraste entre os dois europeus brancos, de pernas frenéticas e magrelas, e os sarados que frequentam as águas de Ipanema, sentindo o abismo entre a histeria nórdica e o brasileiro descolado, caí na gargalhada.

Eu usava uma roupa apertada e preta. O inglês pegou a isca que eu jogara mais cedo: — Hmm, "ex-marido", ela falou, em vez de "marido".

Sorri, com uma quantia suficiente de cachaça no sangue para esquecer as varizes e o fato de que estava chovendo levemente.

Não foi fácil descer a escada em espiral para apanhar mais uma dose de cachaça e assegurar que a magia durasse. Uma vez na sala, porém, lembrei-me das veias inflamadas. Jovens amontoados, dançando, garrafas abertas, latas de cerveja, música alta e desconhecida, uma escassez de comida, a cozinha obstruída por todo lado. A lembrança não era apenas das varizes. Lembrei-me do meu segundo ano de faculdade, nos Estados Unidos. Eca.

Na manhã seguinte, as veias secaram e se reduziram — ao menos na minha cabeça. Arrumei o número de telefone do inglês com uma amiga em comum, que me contou que ele se referira a mim como *hot*, ou gostosa. Mais de uma vez, fiz o cálculo da diferença de idade. Se ele pensasse que eu tinha pouco menos de cinquenta, então eu teria apenas dez anos a mais do que ele. Porque vinte seria demais. E não era possível que eu tivesse a idade da mãe dele.

Jamais alguém me tachara de *hot*.

Naqueles dias, o meu filho mais velho, depois de passar um ano no Rio, pensava em voltar aos EUA. Fascinado por novas tecnologias, queria estar próximo da vanguarda. O pai, tentando segurá-lo no Brasil, marcou conversas com uma gama de profissionais em São Paulo. Na época, quando o Rio ainda era um lugar provinciano, focado em moda e entretenimento, a metrópole paulista atraía os cariocas por ser o coração empresarial do Brasil, a apenas uma hora de viagem de avião.

Preparando o jantar depois do trabalho, o meu filho e eu conversávamos.

— Em Nova York — ele dizia —, os jovens fazem parte de diferentes tribos. Aqui as pessoas se misturam mais entre as diferentes idades, há mais atividades familiares. Mas eu gosto de sentir que faço parte de algo moderno, bacana.

— Sim, estar no centro de tudo — disse. — Sei.

— É diferente para uma pessoa de mais idade — ele falou, sabendo para onde viajava a minha mente.

No fim das contas, decidiu voltar para Nova York e estudar Direito.

Strudel roubava peças da minha gaveta de roupa íntima, e conseguiu retirar, com o focinho e os dentes, o enchimento o do sutiã que eu não conseguira usar. A relíquia se tornou seu brinquedo predileto.

Dormíamos juntos toda noite. Desisti de me preocupar a respeito do café da manhã com os meus filhos ou onde iria dormir Strudel se um homem passasse a noite comigo. Quando acordava de manhã, Strudel estava felicíssimo de me ver. Não o deixava lamber meu rosto. Falava com ele em português.

Ficaria no Rio, na periferia do mundo. Iria editar livros e participar na vida da metrópole à beira mar, com calçadas rachadas e tampas de bueiro defeituosas. Iria achar um namorado do

Rio; por fim, fazia tempo que os meus amigos haviam voltado das férias de carnaval e poderíamos fortalecer as nossas conexões. O sol reaparecera.

Mas era setembro, hora de viajar para a festa surpresa do meu pai nos EUA.

A luxúria me levou adiante. Ficaria no apartamento de Martin, embora o jovem inglês tivesse me convidado para uma festa que iria perder. Mantive, no entanto, a esperança de vê-lo na volta ao Rio. Além disso, o amigo da minha filha, Aziz, estava em Nova York. E, graças ao Facebook, soubera que eu estaria na cidade, e já tinha dito que me aguardava. Eu era novamente uma traidora em potencial. Dessa vez de três homens.

TUDO MUDA O TEMPO TODO

Nas outras duas vezes que estivera na minha cidade natal por uma semana, e ficara com Martin, havia corrido do aeroporto para chegar no apartamento dele, sombrio e cheio de papéis amontoados. Me livrava da sujeira da viagem no chuveiro do seu banheiro escuro, de ralo entupido. Saía para ver minha família somente depois de fazermos amor. De noite, pálido e concentrado, cercado de livros e papéis na penumbra do escritório que outrora servira de quarto, ele me esperava sentado ao computador — uma relíquia, de conexão discada.

Dessa vez, demorei para chegar, indo primeiro visitar a minha mãe. Lá tomei banho e peguei o carro dela. Depois passei na casa da minha irmã para ajudar com os arranjos de flores para a festa. Telefonei para o Martin; ele parecia gostar do atraso, pois precisava terminar de escrever um artigo — e, nos dias seguintes, começava o ano letivo.

— O que você sente pelo Martin, agora? — perguntou a minha irmã, enquanto cortava os talos das flores.

Disse que não sabia. Sentia que estava de pé no chão — pronta para o que viesse. Nenhuma grande emoção se instalara no meu coração.

Puxando as malas de rodinha no estacionamento do prédio de Martin, o vi caminhando na minha direção: sua cabeleira branca, que eu jamais conhecera em estado original; o corpo meio dobrado para um lado e o sorriso que o acompanhava, também assimétrico; os antebraços que lembravam cabos náuticos e que ele dizia enlouquecer as alunas do primeiro ano. Enchi o peito e esqueci de exalar.

Já no apartamento, Martin me pegou pelo braço e me jogou no sofá-cama. Arrancou as minhas roupas e as dele. Imprimiu beijos nas minhas pernas e me tomou. Virou-me e me tomou de novo. Abriu-se uma flor naquele lugar remoto que ele descobrira tempos antes. E mais uma, e outra, e mais outra.

— Quero comida tailandesa, muita — exigi depois, beijando o pescoço dele. Fomos a pé ao tailandês do bairro, para buscar a comida, de mãos dadas.

Foi apenas na volta, depois de nos sentarmos à mesa para comer, que reparei na mudança: a mesa estava mais ocupada do que nunca, com tantos papéis, livros, recortes de jornal e pastas, que mal cabia uma pessoa para comer, muito menos duas.

Por outro lado, descobri, após o jantar, que ele desentupira o ralo do banheiro.

Esperava que a vontade de Martin de ser "emocionalmente disponível" tivesse se tornado realidade. Da minha parte, não expressara tal vontade, nem me julgava faltosa a esse respeito. Mas vi, por fim, que em Paris comparara Martin com o meu ex. Havia sido burra, arrogante e injusta. Quisera passar uma semana como se eu fosse outra pessoa, com outra personalidade e, idiota, me decepcionara.

Mas, em que outra ocasião fizera compras num supermercado parisiense, comera um sanduíche num banco de Montmartre ou andara de metrô para chegar a um pedaço da África do Norte numa capital europeia? Talvez fôssemos tão compatíveis que estávamos igualmente prontos para encontrar desculpas — e assim evitar o amor.

A minha irmã e eu discursamos no jantar de aniversário do meu pai na frente de todo mundo.

— Suas pernas eram as mais *sexy* da festa — disse Martin, mais tarde. — Todo mundo olhava.

— Como você sabe, se você estava olhando para as minhas pernas? — perguntei.

— Sou cientista político.

Na cama, aquela noite, ele me disse que eu era muito livre quando fazíamos amor.

— Por causa de você — respondi. Talvez fosse o mistério sugerido pela Rose, uma capacidade feminina de mergulhar tanto na dimensão da elegância quanto no instinto do animal. Para mim, tudo era novidade.

Martin me levou à sua praia favorita para a caminhada de três horas que gostava de fazer, de tarde, como pausa entre sessões de escrita. Deixou-me ser parte do seu ritual: comprar café quente e biscoitos de chocolate, que levava numa mochila para a praia.

A outra ponta do areal estava quase vazia. Sentamos para comer os biscoitos e falar de um livro que ele pensava escrever. Deitei em cima dele e beijei o seu pescoço, ameaçando tirar a minha roupa.

— Muita areia — avisou. Ambos cheirávamos a chocolate; o céu se tornou lilás.

Depois de nos lavarmos e trocarmos de roupa num banheiro público, fomos para o restaurante de peixe favorito de Martin. Lá, ele brincou com a garçonete como se fosse um cara normal — em vez de um professor que ainda tinha uma conexão discada à internet.

Na volta para casa, paramos no seu escritório, na faculdade.

Sentada no colo dele, nesse lugar santificado — cheio de papéis e livros —, agradou-me saber que ele tinha idade suficiente para ter lutado no Vietnã, mas que, sendo "objetor de consciência", decidira não participar na guerra.

Amava isso. Fiz um carinho no rosto dele.

— Como vamos fazer, um morando tão longe do outro? — perguntei.

— As coisas se ajeitam, tudo muda — murmurou ele. Mexeu nos papéis da mesa e me beijou, cercando-me com os braços.

Mais uma vez, nos despedimos.

— Não fique com outros — ele deixou escapar, no estacionamento, enquanto eu entrava no carro de minha mãe. — Lembre-se de mim.

No caminho para Nova York, li um livro sobre o problemático Rio de Janeiro. Descrevia as negociações políticas, as alianças e os acordos necessários à renovação da cidade. Alguma coisa acontecia no Brasil — um crescimento novo, mais igualitário. O Rio de Janeiro começava a se animar.

Em Nova York, fui ao encontro de uma amiga. No saguão do prédio onde ela trabalhava, o segurança pediu a minha identificação. Entreguei o passaporte americano, que levara por via das dúvidas, pois só se aceitava identificação com foto nesses dias pós-atentados terroristas de 11 de setembro.

Ao abrir o passaporte, o guarda encontrou a minha identidade brasileira, que deixara dentro do passaporte. Examinou-a.

— Rulia Michaels — disse, pronunciando meu nome do jeito que fazia minha professora de espanhol no colégio, havia tanto tempo, muito antes de eu trabalhar no jornal *El Mundo*, íntima de exilados cubanos, antes de aprender a dançar salsa com os meus amigos porto-riquenhos, muito antes de morar na América Latina, onde namorara rapazes de cabelos e olhos castanhos, que às vezes sonhavam com revoluções.

Fiz sim com a cabeça. O guarda devolveu o passaporte e me mandou entrar no elevador.

Finalmente, meu desejo da juventude se tornara realidade: no meu próprio país eu era uma estrangeira.

Para quê? Para fincar raízes mais profundas numa cidade misteriosa no limite do mundo, ou para voltar ao homem que me ajudava a desvendar o mistério dentro de mim mesma?

Chegava a essa idade em que uma pergunta começa a aparecer: onde ser enterrada? Onde espalhar as cinzas?

Em Nova York, fui para um restaurante chinês com a minha filha, uma amiga dela e Aziz. Nos primeiros cinco minutos, durante minha conversa com Aziz, os nossos globos oculares se mexiam, desconfortáveis, pois ele sabia que eu sabia o que ele havia dito. E eu sabia disso. Depois, tudo voltou ao normal: eu era uma mãe.

Regressei ao Brasil, tendo dominado pelo menos uma parte do metrô de Nova York, tendo falado todos os dias com Martin, e escutado os meus filhos mais velhos repetirem o quanto queriam que me mudasse para mais perto.

Cheguei ao Rio de manhã e atravessei um território arriscado, entre duas favelas rivais, cujos exércitos costumavam trocar balas sobre a Linha Vermelha, a inevitável estrada para quase todos os passageiros que saíam do aeroporto. Apesar do céu escuro e da chuva forte, houve um momento em que senti uma vontade de jogar os braços para cima, como um maníaco do futebol, prestes a fazer uma *ola* no estádio do Maracanã.

O táxi amarelo de listras azuis saiu do túnel Rebouças, entrando num viaduto, e contemplei a Lagoa desde o alto, a água realçando a coleção irregular de morros — a Pedra da Gávea, com cabeça de bigorna, os fálicos Dois Irmãos, o Corcovado, onde o Cristo surfava — e nuvens e sol, barcos, aves, corredores, remadores e ciclistas. Ponderei se seria capaz de colocar o biquíni na mala de uma vez por todas.

Enchi o meu armário novamente, com roupas que comprei nos EUA. O mês de setembro de 2008 trouxe a crise econômica mundial, mas ela demoraria a chegar ao Brasil, cujo grande mercado nacional se expandia e poderia absorver parte da queda das exportações de matérias primas e produtos industrializados.

Nos EUA, setembro é o mês do retorno às aulas, mas no Brasil é primavera em vez de outono. No Rio, ainda faz um pouco de frio, com temperaturas de uns 19 graus de manhã cedo, subindo durante o dia para mais ou menos 24. Perfeito para uma corrida. No primeiro dia que voltei a correr na Lagoa, vi o corretor e joguei um beijo.

Ele ligou uma semana depois. Por causa de um episódio de palpitações, deixara de fumar no ato. Começou a fazer regime e a correr.

— Sente falta de mim? — perguntou.

— Claro — respondi. — E você realmente está um gato. Mas, sabe, aquele cara nos Estados Unidos está no meu coração. E no meu corpo.

Mandei um email ao Martin, perguntando quando ele iria me visitar.

"Você pode trabalhar aqui", escrevi. "Te ajudo. Tiro uns dias e escrevo também. Podemos fazer algumas viagens curtas. Venha para o Réveillon. Vou usar branco, para saltar as sete ondas e fazer sete pedidos à meia-noite, na praia de Ipanema".

O SOL TAMBÉM SE LEVANTA

Quase um mês depois de voltar ao Rio, me sentia inquieta por causa da minha vida afetiva. Além disso, após as comilanças da viagem, voltar à forma. Tive uma ameaça de gastrite. Na sexta-feira, fui atormentada por uma dor de cabeça. Sábado, não apareci na academia. O tempo mudava de calor para frio, de seco para úmido e as minhas alergias prometiam um resfriado.

Domingo de manhã, porém, apesar do rosto inchado no espelho (resultado do remédio para a gastrite?) e uma dorzinha de panturrilha, resolvi que me sentia muito bem e que iria correr. Passei o filtro solar.

Da janela da minha sala via o mar ainda revolto por causa de uma tempestade no dia anterior. Manchas de espuma, produzidas por ondas poderosas, flutuavam na superfície. Uma vez que cheguei à calçada nesse dia ensolarado, as águas mexidas trouxeram uma dádiva: o cheiro de mar, de iodo (que lembrava as férias praianas), de infância.

Com os fones do iPod e os óculos de sol nos seus devidos lugares, a viseira do boné no ângulo certo, virei na direção da avenida litorânea Vieira Souto, molhando os tênis na água e sabão que os taxistas do ponto local, junto com o jornaleiro, utilizavam para limpar a urina dos bebuns que na noite anterior tinham mijado a calçada.

Toda noite havia uma espécie de festa em frente ao bar Empório, ponto para jovens turistas e cariocas descolados. Por algum motivo, os garotos não conseguiam achar um banheiro.

Diante do sofisticado hotel Caesar Park, na esquina da minha rua com a praia, alguns motoristas particulares aguardavam clientes, passando panos nos carros para tirar a maresia. Como eram quase 8h30, os funcionários do hotel já haviam levado, num carrinho, as cadeiras e os guarda-sóis até a areia designada aos hóspedes do hotel — o mesmo lugar onde eu vira a moça de *topless* fisgando turistas italianos.

Com o sinal de trânsito a meu favor, atravessei rapidamente na direção da ciclovia, compartilhada por gente que caminhava, corredores, entregadores de farmácia e padaria, homens que descarregavam sacos de gelo e cocos de velhos caminhões Ford enferrujados. Para comunicar a chegada de seus produtos aos balconistas dos quiosques, os caminhoneiros buzinavam, passando lentamente pela avenida. Aos domingos e feriados, fechava-se o trânsito na pista que ladeia a praia. Quando fazia tempo bom, os cariocas ocupavam esse espaço, livre de automóveis.

Parando, por um momento, no meio fio, espiei uma mulher, provavelmente da minha idade, parecida comigo, com a mesma estrutura corporal e cor de pele. Apoiada num poste, no outro lado da rua, de costas para mim, ela segurava na guia um *setter* irlandês. Como eu, usava um short de corrida, tênis e um top cavado. Um homem — mais velho, careca, com alguns fios brancos remanescentes — estava diante dela.

Beijava-a como se, após anos de guerra, tivesse sido anunciado um armistício.

Queria estudá-los, examinar os rostos de perto, cronometrar a duração do beijo, descobrir quando se conheceram, entender como chegaram a curtir o sol da manhã dessa maneira. Provavelmente, vários moradores de Ipanema iriam reconhecer um ou o outro, ou ambos, e saberiam onde haviam estudado, até com quem estavam ou tinham estado casados. Eu, ao contrário, nada sabia.

Forçando-me a deixar a cena, virei para a direita na avenida e comecei a correr em direção ao Leblon. Em poucos minutos de esforço físico, esqueci "o beijo". Num outro quiosque, bebedores de cerveja cantavam acompanhados por um violão e um tambor. Todas as manhãs, mesmo nos dias de semana, havia grupos imersos no odor de lúpulo, sentados pela praia — e eu admirava a capacidade que tinham para passar a noite dessa maneira. Ali também não havia banheiros abertos 24 horas para as necessidades dos bêbados. Aumentando o ritmo de corrida, examinei rapidamente suas íris e procurei ouvir algum sotaque estrangeiro.

Do meu ponto de vista, aquele era o povo da contracultura. Por outro lado, se eu tivesse ficado a noite toda bebendo e fazendo música, com a sorte de presenciar o sol nascer, seguramente iria chamar os corredores matutinos de fracotes, gente sem imaginação, casados com as suas rotinas, relógios e tênis de corrida.

Essa hora da manhã também pertencia aos bebês. Avós ou babás empurravam alguns. Um pequerrucho me ultrapassou de bicicleta, amarrado num assento atrás do pai, e a irmã mais velha, pedalando em uma bicicleta cor de rosa, com rodinhas, ia mais adiante.

A praia, comida pelas ondas, ficava mais estreita no fim do inverno. Por isso, montavam-se as barracas bem perto da calçada. Reparei novamente no lema "Amor, Ordem e Progresso" escrito em uma delas — mas não pensei em "o beijo" porque duas mulheres excessivamente flácidas arrastavam os pés na minha frente, me forçando a ultrapassá-las para manter o ritmo — antes, virei a cabeça para ver se corria o risco (alto no calçadão) de ser atropelada por uma bicicleta.

Em grandes carrinhos de mão, homens puxavam dezenas de cadeiras e caixas de isopor encardido, descarregadas de kombis igualmente encardidas, estacionadas permanentemente junto ao meio fio.

Na outra pista da avenida, rodava devagar uma Kombi branca com o nome DALVA escrito em verde, vermelho e amarelo. O cântico "Dalva, Dalva, Dalva" coaxava pelo alto-falante. A campanha para as eleições municipais esquentava. Dalva era uma das centenas de candidatos à Câmara dos Vereadores, órgão municipal que havia pouco tempo proibira os políticos de cobrir a cidade com cartazes e *outdoors*.

A resposta à nova lei foi uma invenção efêmera: cartazes portáteis, retirados no final do dia, e velados por uma espécie de babás, pagos para sentar o dia inteiro no meio fio, na chuva, no frio e no calor. Parte do trabalho consistia em dormir, sentados em cadeiras de praia, dentro de uma casinha formada pelos cartazes. E, pelas ciclovias litorâneas, fileiras de ciclistas contratados transportavam todo tipo de propaganda.

Além disso, o horário eleitoral vendia os candidatos, dia e noite, nos canais de TV e rádio, a duração dos *spots* dependendo da participação eleitoral de cada partido.

Tudo muito diferente dos EUA, onde os anúncios pagos, o item mais caro e decisivo de uma campanha, são apresentados em diversos horários, como se os candidatos fossem sabão ou iogurte. Nos EUA, quase sempre os candidatos endinheirados ganham as eleições; aqui, muitos telespectadores desligam os aparelhos assim que ouvem as vozes estridentes do horário eleitoral — perdendo assim a comédia involuntária dos anunciantes.

No Brasil, o candidato mais famoso de todos os tempos foi Eneas, um homem branco e careca, com uma barba negra que parecia um arbusto. Em 1989, ele usava óculos de fundo de garrafa e tinha 17 segundos para passar a mensagem. A intervenção inesquecível do candidato, em tom rosnado, era apenas "Meu nome é Eneas". Poucos lembram, porém, que em 1989, Eneas mirara a presidência, na primeira eleição direta após a ditadura militar de 1964-85.

Ficou em 12º lugar, com 360 mil votos.

Em 2004, ajudei uma amiga a se eleger para a Câmara dos Vereadores, distribuindo "santinhos" aos eleitores a caminho das urnas. Curiosa escolha de palavra — "santinho" — para os papéis que promovem candidatos cuja santidade, muitas vezes, é questionável. Talvez por isso, todos os santinhos acabavam jogados no chão.

No dia da eleição, todos os outros panfletários — que ganhavam pelo serviço — fizeram uma pausa quando chegou uma Kombi com sanduíches e caixinhas de suco. Eu continuei a distribuir os papeizinhos. Falava para todos que a candidata era honesta, que representava as mulheres.

— Você não para pro lanche? — me perguntaram, chateados.

Seguramente, os bebês que via, ao correr em Ipanema, estavam a caminho do Baixo Bebê, o quiosque praiano que oferece um *playground* e, na calçada, um local para a troca de fraldas. Passei por uma fila de carrinhos de bebê, estacionados ao lado de uma colorida casinha de brinquedo. No Rio, os pediatras receitam um passeio matutino na praia.

À minha esquerda, puxada por um trator, uma vela deslizava pela areia. Era um veículo municipal, cor de laranja, utilizado para limpar a praia. Levava uma mensagem exortando os cariocas a não dirigir caso consumissem bebidas alcoólicas. Mesmo quando se tratava de uma campanha necessária, o prefeito César Maia inventava novidades, como velas terrestres, para passar a sua mensagem. "Factoides" ele os chamava: uma maneira de se manter em cena.

Nessas eleições de 2008, César Maia não podia se candidatar, uma vez que servira dois mandatos consecutivos (e mais um, anteriormente). Eduardo Paes, um jovem que o prefeito treinara em política, liderava nas pesquisas de opinião. Mas muitos amigos meus guardavam a esperança de que ganhasse Fernando Gabeira, ex-jornalista e deputado federal pelo Partido Verde.

Durante a ditadura militar, Gabeira ajudou a sequestrar, e depois a soltar, o embaixador norte-americano Charles Elbrick, em troca da libertação de prisioneiros políticos. Detido pelo sequestro, foi banido dos EUA permanentemente.

Do Brasil, Gabeira também foi banido, pelos generais. Nos anos 1970, foi morar na Europa e se envolveu com o Movimento Verde, que nascia por essa altura. Depois, voltou ao Brasil e fundou um partido preocupado com o meio ambiente.

Eu conhecera ambos os candidatos. Entrevistara Paes havia uns dez anos: jovem e com bastante energia, mesmo que lhe faltasse um quê de idealismo. Conheci Gabeira num jantar, junto com a namorada. Chegaram de *scooter* quando tal veículo era incomum no Brasil. Sessentão engraçado, magro e bronzeado, se expressava bem. Eu olhava a namorada dele com inveja.

Mas, convenhamos, Gabeira se encaixava na minha velha predileção por revolucionários. No seu livro de memórias sobre a época do sequestro, dizia ter ficado escondido durante meses, num apartamento de Copacabana, ansiando pela areia que via nos pés da sua anfitriã quando ela voltava da praia. Não utilizou o tempo livre para ler ou para estudar francês, ele escreveu, pesaroso, porque naquela época os revolucionários consideravam uma perda de tempo qualquer atividade intelectual.

A ação era tudo.

Apesar da sua popularidade entre os bacanas cariocas, Gabeira corria riscos. No Rio, ele era conhecido não tanto por alguma posição ou obra política, mas por ter usado na praia, a parte de baixo de um biquíni de crochê lilás — foi logo após sua volta do exílio, em 1979, e, reza a lenda, não tivera tempo de comprar uma sunga. Nas cabeças de muitos eleitores, tal comportamento o tornava inaceitavelmente gay. Temiam também a posição dele sobre a maconha: a favor da descriminalização do consumo. E não dispunha de uma máquina política constituída de contatos e favores de base, como era o caso dos seus opositores, inclusive de um popular senador evangélico: Marcelo Crivella.

A política no Brasil era diferente do tipo norte-americano e, morando longe por tanto tempo, eu perdera o fio da meada. Mas Martin tinha aqueles rádios no apartamento, sempre sintonizados na emissora pública nacional. Na mesa de jantar, jaziam camadas do jornal *The New York Times*. Durante a minha última estadia, ele me dera um *briefing* sobre os candidatos presidenciais Obama e McCain. E, de volta ao Rio, eu até ligara a televisão para assistir a um pouco das convenções partidárias.

Apesar dos factoides e conselhos do prefeito César Maia, os cariocas não mantinham as praias limpas. Para catar os dejetos e o lixo contavam com legiões de trabalhadores, vestidos de uniforme laranja, e pequenos veículos da mesma cor que avançavam pela ciclovia, escovando e aspirando o asfalto. Uma equipe de garis desfilava na comitiva: a essa hora, num domingo de manhã, devia ser uma ação de relações públicas do prefeito.

A corrida estava me deixando cansada. Tentei me concentrar no ritmo, na respiração e na batida cardíaca. Geralmente, demorava vinte minutos para encontrar o passo certo e só então parava de calcular quanto tempo faltava para o fim. Aí, corria, simplesmente corria. Passei o marco desses vinte minutos quando cruzei com um cara que treinava lances de vôlei.

A bola não passou pela rede.

Me senti melhor chegando no fim da praia do Leblon. Dei a volta. O local ficava a meros passos do muro onde sentara certo dia, esperando que Moisés, o Lobo Mau, me levasse ao motel. No entanto, o beijo dele não era "o beijo".

Fugi dessa questão e caí num devaneio que me era comum: se tivesse dinheiro suficiente para morar em frente à praia, qual apartamento escolheria?

Grande parte dos prédios tinha as fachadas feias e despojadas dos anos 1960 e 1970, mas havia alguns edifícios antigos e baixos, onde os apartamentos tinham um pé direito alto, com janelas amplas. Além deles, havia as coberturas — que custavam milhões, é claro. Mas, na rua de trás, paralela à praia, apareciam, por frestas entre os prédios da avenida, alguns apartamentos abençoados com vistas do mar.

Quando o meu pai tentou me emparelhar com um menino no porão de nossa casa, com os Beatles tocando na vitrola e linóleo no chão, eu não sabia o que era o amor. E, correndo naquela manhã pelo calçadão, será que sabia? Saberia algum dia? O homem que beijava a mulher no quiosque a amava? Estava a química da pele com pele fadada ao desgaste e ao prazo de validade? Ou era a acomodação que fazia o amor durar?

— Você nunca me entendeu — disse certa vez o meu ex, depois da nossa separação. Por muito tempo, pensei que ele havia dito que eu nunca o amara. Passáramos anos sem dar "o beijo".

Se eu comprasse um dos apartamentos do qual se podia ver a praia, iria abrir a cozinha às salas de estar e de jantar, para ganhar espaço e luz. Os meus quadros seriam bem iluminados; de noite, tudo seria dourado e forrado de livros, com comidas deliciosas, bons vinhos e música fantástica — as ondas chegando logo ali.

Queria o cheiro de barba e de músculos numa poltrona de couro, queria mesmo. Queria ser como um terremoto prestes a acontecer, esse lugar que Martin descobrira e para o qual tinha o mapa, ainda que no bolso interno da jaqueta azul que o fazia parecer um turista. Eu queria ser autêntica e pisar a corda bamba com facilidade, indo e voltando entre o animal e o elegante.

Correndo ainda na ciclovia, olhei para as janelas dos prédios. Preferia eu uma vista do mar ou uma paisagem urbana? Depois de tantos anos longe, como seria viver na América de novo? Meu sangue fino aguentaria o inverno do hemisfério norte?

Eu era verdadeiramente uma estrangeira no meu próprio país. Me assustavam as porções superdimensionadas da comida nos restaurantes, o consumismo e a adoração das celebridades. A língua inglesa pertencia a uma nova geração. E será que, como tantos americanos, eu compraria os livros recomendados pelo programa da Oprah? Deixaria de dormir por causa dos gordos que concorriam para perder peso num programa de TV?

Os americanos usavam expressões que eu desconhecia e terminavam as frases declarativas com uma entonação que, para mim, soavam sempre como uma pergunta. Parecia que todo mundo falava como se seguisse um roteiro de algum seriado cômico de TV.

Cheguei, outra vez, ao quiosque em frente ao hotel Caesar Park e parei para me alongar. O *setter* e o casal de "o beijo" haviam sumido. Eu esquecera o dinheiro para comprar um coco.

Talvez fosse a pobreza por todos os lados que, no Brasil, nos mantinha no mundo real, pensei, atravessando a avenida a caminho de casa. Ou será que eu assistia a pouca televisão? Afinal, havia o Big Brother Brasil, mais um daqueles programas para gente que quer ser milionária, além das novelas, claro. E, como os americanos, os brasileiros também engordavam.

De volta ao meu apartamento, tomei banho e sentei no computador. Li um email de Martin, no qual ele me dizia que tinha que completar uma fase psicológica e recusava o meu convite para passar o Réveillon no Rio. Tratava-se de um livro que ele começara havia quinze anos, explicou, cinco antes de a mulher deixá-lo. Precisava das férias de inverno da universidade para trabalhar nesse projeto.

Pensei em ir à Melt naquela noite, mas Sylvia estava ocupada com Germano.

SAIDEIRA

Em vez de ir à Melt, me juntei a um clube de corredores. Todo dia havia gente saindo de uma tenda laranja (que cor mais popular), trotando pela Lagoa. O pagamento mensal dava direito a alongamentos depois da corrida, um lugar para guardar chaves e moletons, água, atividades em grupo e, aos sábados, massagens *shiatsu* com o café da manhã.

O treinador era um bonitinho de vinte e oito anos, que falava fluentemente inglês, francês, espanhol e alemão, mas não tirava os óculos de sol por nada. Ao responder a perguntas simples, proferia explicações talmúdicas de músculos e cartilagens.

Quando ele me alongava, eu escutava e observava tudo com cuidado. Aprendi algo novo: quase todo encontro entre homens cariocas começa com uma referência engraçada ao time de futebol do outro.

— Vai se esforçando — dirá um cara, de sorriso maroto, ao torcedor do Vasco. — Quem sabe não cai na segunda divisão.

Nos EUA, cada cidade conta com um time para cada esporte. O Rio tem o Vasco, o time dos portugueses; o Fluminense, o time das elites; o Botafogo, o dos bacanas; e o Flamengo, de todos.

Como presto pouca atenção ao futebol, me parece que os times estão toda hora mudando de treinador, indo à falência e passando de vencedor a perdedor, para daí voltar a ganhar um campeonato ou outro. E os jogadores estão sempre se casando, se divorciando, indo parar na cadeia porque não pagaram a pensão alimentícia ou bateram na mulher. Teve um que até mandou matar a ex-amante.

Além de provocar encontros casuais entre torcedores, o futebol é a liga, a cola de muita coisa que acontece no Brasil. Talvez por ser uma sociedade desagregada, com poucas instituições fortes, invariavelmente os discursos políticos contêm pelo menos uma referência jocosa ao futebol — serve para que os políticos possam dizer que têm algo em comum com as pessoas que os escutam, é uma ferramenta para atraí-los.

Dispor de uma modalidade esportiva central, que agrada a quase todos, com uma variedade de times, cada um atendendo a um segmento da sociedade, é apenas um dos muitos mecanismos que fazem o Brasil se movimentar. Pelo menos, no jogo de futebol em si, as regras são as mesmas para todos.

O meu novo clube, para atrair corredores, oferecia diversas atividades. Organizou uma corrida de dois quilômetros, numa manhã de domingo, da praia de Botafogo até o Pão de Açúcar.

No regresso, na sombra de uma tenda, nos alongamos e tomamos o café da manhã.

Dois homens participaram: um aluno de Ensino Médio e um cara que usava uma aliança. Falei com o estudante sobre os preparativos para o vestibular — e cheguei a conhecer também uma jovem mãe, designer de moda.

Será que, aos domingos, os solteiros de minha idade faziam exercício na cama?

— Toda quinta à noite temos uma corrida em grupo pela Lagoa — avisou o treinador, quando eu já partia para casa.

Depois de um dia longo no trabalho, encarar quase oito quilômetros?

Com o meu filho mais velho em Nova York, me dei conta, por fim, de que ele jamais iria passear com o nosso cachorro *dachshund*. Desde o dia que chegou em casa, Strudel estivera preso no apartamento, fazendo as necessidades num tapete especial que se vendia nas lojas para animais.

— Ele não precisa passear — meu filho explicara. E eu, de olho na estatura baixa do cachorrinho, havia feito a besteira de acreditar.

Nem Strudel nem eu pisáramos ainda na praça de portões de ferro fundido, a apenas um quarteirão de distância do nosso apartamento: a praça Nossa Senhora da Paz. Certo dia, no mês de setembro, depois do trabalho, adentramos nesse novo território. Num canto, descobrimos um grupo de cachorros, sentados em cima de uma longa mesa de piquenique, com tábuas de xadrez embutidas. Os seres humanos sentavam em volta deles, em banquinhos de concreto, ou ficavam em pé, no escuro. Era difícil distinguir rostos e focinhos.

Mas todos eram amigáveis e depois de uns dois meses, durante os quais Strudel farejava, corria e fazia as necessidades na praça, já éramos os novatos da turma. Ele não conseguia subir na mesa, mas os banquinhos serviam para se apoiar, ficando apenas de patas traseiras no chão, cheirando toda e qualquer parte das cadelas ao seu alcance.

Em outros tempos, fui favorecida por um marido prestativo que, nas nossas caminhadas, apontava o cocô de cachorro para que eu não pisasse nele. Desde que vivia sem parceiro, me tornara a catadora principal — curvando-me para juntar os dejetos num saco plástico de supermercado. Havia, nessa mudança, algum simbolismo.

Cachorros amplificam, criam barreiras e fazem conexões: se parecem conosco, latem para os estranhos e incentivam conversas fascinantes sobre funções digestivas e reprodutoras, idade e nomes. Como os meus filhos adoravam dizer, Strudel tinha um nariz grande como o meu; era lutador por ser *dachshund*; e era tão bonito que algum cachorreiro era capaz de interromper o passo para admirar nós dois.

Na rua, na guia, Strudel me deixava conversar apenas com os donos de fêmeas, enquanto ele fazia um pouco de pesquisa. Talvez o meu amante em potencial, entusiasta de cachorros, tivesse cometido o erro trágico de ter um macho. Ou, quem sabe, a maioria dos cachorros pertencesse a mulheres.

Era o caso na praça Nossa Senhora da Paz, onde um antropólogo teria encontrado um campo fértil.

Novamente, a regra era: ocupe o espaço.

Em um conjunto de mesas e banquinhos, debaixo de antigas árvores frondosas, coberta por barba-de-velho, sentavam os porteiros de folga, que jogavam cartas por dinheiro, tomavam cerveja e mijavam nas moitas.

Em outro conjunto de mesas, encontravam-se as empregadas e os cachorros (que não se misturavam conosco).

Noutro ainda, ficava o nosso grupo, que, apesar de uma lei municipal exigindo que todo cachorro andasse preso, demarcara o local anos antes, informalmente, para os cães soltos. Defendíamos a área, com unhas e dentes, dos jogadores de bocha, dos mendigos e dos ciclistas. Havia sempre o rumor de que a prefeitura iria cercar uma área para os cachorros, o que teria sido uma limitação ao nosso modo de vida — além de desagradável.

Tal modo de vida incluiu, por exemplo, a temeridade de arrancar um banco da praça mal preso ao chão, e carregá-lo até a nossa zona, onde faltavam assentos adequados.

Como em todo o Brasil, a coisa pública é objeto de apropriação indevida — sejam bancos de praça, dinheiro público ou morros inteiros.

Mais tarde, houve um rumor de que seria construída uma estação de metrô na praça. Dava para imaginar os cachorros mostrando os dentes diante das escavadeiras.

(O rumor se tornou realidade, em 2012, sem que os cachorros enfrentassem um governo estadual autoritário, que fechou a praça e cortou várias árvores. Espera-se que a praça seja recuperada no fim das obras, e que esta parte do livro não seja uma recordação triste dela.)

Na nossa comunidade canina, todos haviam escolhido um papel. Natalie, baixa e gorducha, preta e branca, era a síndica, que saía correndo, latindo, na direção de qualquer um que chegasse. Se viesse uma fêmea, Maria Fernanda e Maria Clara, labradores, mãe e filha, uma preta, a outra amarela, saltavam da mesa, prontas para brigar, até que a dona soltasse o seu incrível assobio de estádio de futebol. Davam a volta e corriam devagar até a dona, como assassinos mafiosos, prestativos, porém mal apreciados.

Um amigo (humano) da praça usava diariamente o mesmo short amarelo claro, uma camiseta branca, e gostava de falar de livros e da política brasileira. Com as mãos atrás da cabeça, os ombros levantados e o pescoço encurtado, ele segurava a guia como se combinasse a atividade canina com um exercício para os membros superiores. Apenas abandonava essa postura para apontar os cocôs frescos às pessoas distraídas e perdidas em conversas. Sua cachorra, Neguinha, dava mil voltas antes de depositar o que ele chamava de PIB canino. E Strudel, mesmo com as pernas curtinhas, mandava na matilha: *goldens*, buldogues franceses, *boxers* e até um dogue de Bordéus respeitavam o moleque da praça.

Na sociedade brasileira, ainda tão marcada pela escravidão e a nobreza, as pessoas dependem de apresentações, endereços, roupa, carros, cargos para avaliar os outros e calcular o potencial de um relacionamento.

Numa praça frequentada por cachorros e seus donos, há pouca informação desse tipo. Quando todo mundo está usando roupa velha, carregando guias e catando cocô, o Brasil fica mais igualitário.

Na praça Nossa Senhora da Paz, as pessoas se avaliavam aos poucos, interagindo, observando e tirando conclusões. Mudando de ideia, oferecendo segundas chances.

Tomamos chopes pós-praça no Bar Informal, comemoramos aniversários, procurávamos lares para cachorros sem dono e fazíamos contribuições para um abrigo de animais. Corremos atrás de um cachorro apavorado por fogos de artifício que fugira da praça após um gol num jogo de futebol e entrara no meio dos carros na avenida. Falávamos de trabalho, família, política e das árvores do bairro que a prefeitura queria remover. Até flertávamos, mesmo que a maioria dos poucos homens fosse comprometida.

Nas festas de aniversário de cachorro, a mesa de concreto se enchia de cerveja, vinho, bolos de ração e bolos para pessoas com coberturas melosas. Algumas vezes, fazia tanto calor que telefonávamos para o bar da esquina e pedíamos que nos levassem uma bandeja de chopes e caipirinhas.

Havia dias que terminavam de maneira sublime. Um sanfonista autodidata estudava em uma das mesas de concreto, tocando melodias francesas que evocavam guerras e escassez; o sol esvanecia por entre a vegetação densa e rendilhada; e crianças pequenas perambulavam até o nosso canto para estender mãozinhas suadas, apontando para os cachorros e dizendo “uau-uau, uau-uau”.

O grupo crescia. Eu me mudara para Ipanema após o fim do meu casamento. Outra mãe solteira chegou, voltando da França para poder dar uma educação brasileira ao filho adolescente, com o seu dálmata de espírito livre, o Snake. O grupo original, de moradores de Ipanema de longa data, composto na maior parte por funcionários ou aposentados de colarinho branco, de classe média, acolheu todos carinhosamente.

E a Natalie, a cadela síndica, corria para saudar os recém-chegados como o fox paulistinha Spliff e seus donos, um médico brasileiro e o marido americano, que tinham se mudado para o Rio porque curtiam a cidade. Desde os anos 1950, que o Rio não era capaz de atrair mão de obra qualificada, mas, com as recentes mudanças, tanto estrangeiros como brasileiros se enamoravam de novo pela Cidade Maravilhosa.

Músicos, artistas e gente de televisão foram os únicos a fincar o pé no Rio, em face a uma maré de saída que se intensificou nos anos 1980 e 1990. Fábricas fecharam, a Bolsa e muitos bancos se mudaram para São Paulo e o crime proliferou sem controle.

A cantora e compositora Adriana Calcanhotto, que trocou Porto Alegre pelo Rio, em 1989, lançou a música *Cariocas*, em 1994, quando os ricos mantinham guarda-costas para protegê-los de sequestros. De noite, quem dirigia um carro não parava nos sinais fechados, para evitar assaltos. Os pobres faziam longos trajetos de ônibus e trem suburbano. Sofriam com a violência nas favelas onde moravam, ao passo que os traficantes de drogas e os milicianos começavam a dominar faixas grandes de território urbano.

Cariocas nascem bambas
Cariocas nascem craques
Cariocas têm sotaque
Cariocas são alegres
Cariocas são atentos
Cariocas são tão sexys
Cariocas são tão claros
Cariocas não gostam de sinal fechado

(Da música "Cariocas", de Adriana Calcanhotto, cedida por Minha Música [Universal Publishing])

Nem todos os cariocas furavam o sinal fechado. Alguns ficavam em casa de noite, assistindo a um filme, pedindo comida de entrega em domicílio em vez de arriscar um assalto à mão armada. Praticamente todo e qualquer carioca, até crianças, passara por um assalto.

Por décadas, o crime dominou a cidade, antes das estatísticas começarem a diminuir, em 2010. Tanto as vítimas como os criminosos eram craques — ou pelo menos sabiam dissimular. Além de desrespeitar os sinais fechados como forma de proteção contra assaltos, o carioca fazia de tudo para passar a ideia de que sabia por onde andava e, na maior parte das vezes, sabia mesmo (talvez porque, com os altos índices de crime, os nativos tendessem a ficar nos seus próprios bairros).

Tudo isso mudava repentinamente quando um carioca viajava para São Paulo, onde o clima é mais ameno e as ruas engarrafadas são tentaculares. Os paulistanos eram ambiciosos, persistentes;

os cariocas improvisavam. No inverno, era sempre fácil apontar um carioca na megalópole paulista: inventara um conjunto de roupa de frio (um blazer com cheiro de naftalina, por cima de um jeans e havaianas; ou sandálias, meias até o joelho e uma minissaia) — além da confusa indumentária, estava atrasado e perdido.

No Rio, os paulistanos eram os grandes gastadores e, vestidos até os dentes, falavam um português caipira.

As duas maiores cidades do Brasil competem como Nova York e Los Angeles até no quesito de segurança pública. Os paulistanos admitem que lhes falta brilho por terem shoppings em vez de praias; os cariocas sabem que os seus restaurantes e boates são uma droga. Fora isso, cada cidade é espetacular.

Quando mudamos de São Paulo para o Rio, em 1995, os nossos amigos, escandalizados, nos aconselharam a comprar um carro blindado — e assim fizemos.

Mas, em 2008, havia algo novo no ar. Quando os meus amigos da praça souberam que eu era norte-americana, quiseram saber se ia votar em Obama. Expliquei que não era necessário, pois o meu Estado certamente seria ganho por ele.

— Mas você tem que votar, é seu dever — todos disseram, herdeiros de uma longa ditadura militar.

Me senti uma gringa má. Disse que se, ainda desse, tentaria me inscrever.

Eu estava, de fato, no mercado, atenta a corredores e a donos de cachorro, e com a esperança de me mostrar um pouco menos incompetente na minha missão. Não faria mal nenhum, como uma terceira via para a iluminação amorosa, regressar ao *site* de relacionamentos. Por isso, em outubro, voltei lá e encontrei um contador judeu, de cinquenta e sete anos. Saímos para tomar chope. Sim, levei a bolsa verde.

Depois do primeiro chope, Natan olhava o meu ombro, sem mangas, com uma certa intensidade.

— Você tem o biotipo de uma corredora. — Gostei — finalizou.

Me deu vontade de perguntar se ele queria examinar os meus dentes.

Pedimos mais uma rodada. Alto e magro, careca e de olhos verdes, Natan era cinéfilo e fã de livros de história. Falamos de todos aqueles que eu lera no trabalho, muitos sobre o Holocausto.

Durante os anos psicodélicos da década de 1970, Natan vivera em Londres. Mas jamais estivera como noivo numa *chupá*, a tenda debaixo da qual os judeus se casam.

— Morei com mulheres algumas vezes — disse, como se pedindo desculpa. Pensei na diferença entre a experiência de Natan e o meu casamento, que tinha a duração de uma vida. — Uma mulher que conheci no *site* — ele continuou —, disse que há mulheres que são boas para conversar, mulheres que são boas para uma transa e mulheres que foram feitas para relacionamentos.

Respirei fundo e a minha cara ficou séria. Evangelina dissera algo bem parecido. Teria ela terminado com o neurocirurgião e acabara saindo com Natan? Ou todos os solteiros repetiam essa suposta sabedoria, da mesma maneira que os casados ecoavam o "Filho é tudo igual, só muda de endereço"?

— Você seria boa para todas as três funções — Natan terminou, com um sorriso.

— Obrigada — disse. — Você vai bem direto ao ponto.

Corou, de maneira cativante. A paixão não me arrebatava, mas com o Martin havia sido a mesma coisa. Aprendera que, nesta idade, há menos alternativas do que na juventude, que o superficial não importa tanto e que o amor pode crescer com o tempo.

Talvez a paixão fosse uma ilusão e a Mette estivesse errada quando disse que era indispensável.

Quinta-feira, numa noite abafada, me atrasei um pouco para chegar na tenda laranja da Lagoa — o que se revelaria algo muito ruim. Correr é uma das poucas atividades, junto com a psicanálise e os desfiles de carnaval, que fogem ao ritmo *relax* do carioca.

— Faremos 800 metros num trote moderado e daí aumentamos o ritmo por 200 metros — o instrutor avisava.

Alonguei rapidamente e começamos. Avancei ao lado do estudante que conhecera no passeio dominical e me senti orgulhosa. Apesar do meu costume de correr sozinha, conseguia acompanhar o ritmo dele.

Mas, após dois quilômetros, fiquei para trás enquanto o treinador ia e voltava, fazendo o percurso entre mim e o resto do grupo, para verificar o meu estado.

— Estou bem — lhe disse. — Não se preocupe.

E ele não se preocupou.

Fiz os últimos cinco quilômetros sozinha, no escuro, fugindo de buracos, galhos e lixo, ofegante, me lembrando de como perdera o último iPod.

Certo sábado de 2006, no fim da tarde, estivera correndo na mesma ciclovia, ouvidos imersos na fabulosa versão de *Garota de Ipanema* cantada por Kay Lyra. Mais adiante, vi um cara sentado em uma bicicleta, apoiado no muro de cimento que separava a ciclovia do trânsito. Na mesma hora, corrigi a minha postura de corrida. Nada demais, afinal todo mundo olha para todo mundo enquanto corre, caminha ou pedala pela Lagoa.

Ele estendeu um braço e falou alguma coisa para mim — certamente um elogio —, bloqueando o meu caminho. Tirei um fone e pedi para ele repetir o que dissera.

— Passa o radinho — falou, uma mão apontando o iPod preso ao meu braço, a outra escondida por baixo da camiseta escura. Os cariocas sabem que essa posição sugere uma pistola. Os cariocas sabem perder os seus pertences com elegância. Assim, aprendi que, quando você corre, ninguém vai pedir o seu número de telefone. Ainda não se inventou essa forma de *speed dating*.

Foi triste perceber que, se ninguém pedia o número de telefone durante uma sessão de corrida, tampouco havia quem, na tenda laranja, esperasse pela corredora para anotar o seu número. Quando, por fim, cheguei à tenda, todo mundo já tinha ido embora.

Natan e eu trocamos emails sobre o nosso primeiro encontro. Ele comentou que eu falara demais do Holocausto.

— Prefiro Eros a Thanatos — escreveu, e vi que ele tinha razão, que talvez tivesse feito a besteira de falar do Holocausto, inadvertidamente, como um jeito de dizer que passara por alguns momentos difíceis na vida, ainda que não pretendesse compartilhá-los com Natan.

O tempo esfriou e fiquei gripada — o mesmo acontecera quando conheci Martin.

Seria a doença um sinal de um encontro de almas? Ou estava deprimida por causa de Martin? Por uma semana, estive doente, um carrossel de febre, herpes, resfriado e gastrite. Contei tudo isso ao Martin, num email, mas ele não telefonou.

A febre limpa a cabeça. Quando acabou a minha, vi que: 1) pressionara Martin para que viesse me visitar porque gostava muito dele e temia que me "deixasse", como se tal comportamento fosse possível num relacionamento de grande distância geográfica e total falta de compromisso; e 2) como dissera Martin, naquele dia no escritório da faculdade, comigo sentada no colo dele: "As coisas se ajeitam, tudo muda".

Martin pedira "Não esteja com outros", mas parecia não lembrar mais do seu próprio pedido. Eu balbuciara "Te amo tanto...". Enfim, nenhum dos dois ia mudar de país, sequer de casa.

Os nossos emails se tornaram mais breves e menos frequentes. Natan, por outro lado, escrevia todos os dias. Comecei a imaginar a minha vida com um parceiro, um homem que pudesse ser o meu par oficial numa festa de casamento ou num jantar com casais amigos. Poderia ser confortável. Me sentia cansada de estar sozinha e doente; assim que a minha saúde melhorou, saí de novo com Natan.

Ele escolheu um filme maravilhoso: *Fatal*, com Penélope Cruz e Ben Kingsley, baseado no romance *O animal agonizante*, de Philip Roth. Nenhum outro filme poderia ter sido mais adequado. Kingsley interpreta um professor de certa idade que se apaixona por Cruz, uma ex-aluna, bastante mais jovem, e se surpreende com a sua própria velhice.

Mais tarde, tomando sopa de tomate no café da livraria ao lado do cinema, ouvi Natan falar, retrospectivamente, dos dias passados fumando maconha em Londres.

Quando se é casado, o nosso marido pode até ganhar uma pança, assimétrica e pesada, mas, com um pouco de boa vontade, uma mulher consegue aceitá-la.

No entanto, quando se é solteiro e se conhece alguém na mesma faixa etária, a pança do outro parece borbulhar como se fosse o Vesúvio prestes a entrar em erupção, afogando tudo e todos em lava incandescente. Uma vez que eu não abrigava qualquer desejo de ser imortalizada através da petrificação da carne, sempre que estava diante de uma pança vulcânica queria correr como o vento.

Natan não tinha pança. Mas era careca.

Ele ria e eu tentei me transportar, como um arqueólogo remexendo nos detritos do passado, para a época de *Michelle ma Belle*, imaginando jeans de boca de sino e camisetas justas, desenhos de Peter Max e charutos de maconha.

Quando Natan ria, enrugando o rosto, sua expressão continha ainda alguma inocência, mesmo que parcialmente escondida por um feioso par de óculos de lentes grossas. Em Londres, me contou, estivera apaixonado. Quando terminou o amor, o ar gelado da cidade invadiu os seus ossos.

— Eu pensei: "O que estou fazendo aqui?".

— Ainda não falamos de política — comentei, esfregando a barriga. Para quem se curava de uma gastrite, uma sopa de tomate não havia sido a melhor ideia. — Temos duas eleições pela frente: o segundo turno da eleição para prefeito, aqui, e a corrida presidencial nos Estados Unidos.

Natan sorriu, e era um sorriso bom.

— Os esquerdistas são preguiçosos — disse, tomando um gole de cerveja. — Aprendi isso vinte anos atrás.

Não se referia a Obama.

— Ouvi dizer o mesmo a respeito do Lula — falei. — Sei que não lê. Dizem que não gostava de trabalhar quando era deputado.

— São todos preguiçosos — Natan declarou. — Na corrida à prefeitura Gabeira nunca pensou chegar ao segundo turno. Não quer ganhar, na verdade. Se ganhar, terá que realizar aquele trabalho chato de fazer reuniões, ouvir queixas, fazer acordos, andar pela cidade e fiscalizar o trabalho dos outros. Não é divertido. É muito melhor ser deputado em Brasília, debatendo leis em comitê, votando, criticando.

Poucos brasileiros se interessam o suficiente pela política para ir mais além do blá blá blá, do populismo e da demagogia.

Pensei que gostaria de conversar com homens que iam mais além. Enquanto pagávamos, uma acidez impeditiva tomou conta do meu estômago e precisei ir para casa.

Durante a semana, convidei Natan para um concerto de jazz, mas ele disse que as entradas eram caras demais para o seu bolso.

— Você gosta de jazz? — perguntei, na sexta-feira seguinte, enquanto tomávamos chope e beliscávamos pastéis.

Disse que sim, mas não do jeito que era tocado no Rio.

— Gosta de música clássica?

Frequentara alguns concertos, era legal.

— Gosta de samba?

Comemorara o aniversário, certa vez, num reduto de samba na Lapa, por coincidência, aquele onde eu dançara com Juliano e Vargas.

Na verdade, Natan não curtia música. Gostava de caminhar nas trilhas da Floresta da Tijuca.

De pé, na rua, perto do meu carro, nos beijamos rapidamente. Dias depois, ele me contou que fora ao dentista naquela mesma tarde: a boca doía no momento do beijo.

Três semanas após o nosso primeiro encontro, Natan me fez uma proposta indecente em uma noite de chuva.

— Vem pra minha casa para assistir a um vídeo, e saiba que tenho segundas intenções — escreveu. — Depois, podemos comer uma pizza do Zona Sul.

Nos anos 1990, a rede Zona Sul de supermercados andou comprando mercearias para construir um monopólio carioca, cujo nome glorifica mais ainda o que já é a região mais badalada da cidade. Abriu pizzarias em algumas lojas. Nos fins de semana, à noite, cariocas famintos fazem fila atrás da pizza de massa fina e com um preço relativamente em conta.

Pois é, o harém. Natan pensou que eu pudesse desempenhar todos os papéis. Mas, do meu ponto de vista, ele poderia ser o cara dedicado apenas ao sexo, como dissera Evangelina, a amiga da Sylvia, no começo da minha nova vida.

Recusei a proposta indecente. Inconformado, Natan disse que era porque ele tinha pouco dinheiro, que a última namorada terminara exatamente pelo mesmo motivo. Eu disse que não. E também não era porque ele não gostava de música e preferia andar no meio do mato. Ou porque era careca e tinha rugas e beijava mulheres no mesmo dia em que estivera no dentista.

Recusei o vídeo, o sexo e a pizza — oferecidos nessa ordem — porque Natan era um homem que não se amarrava a nada, apesar de ser inteligente, engraçado e simpático.

Além disso, sorrateiramente, eu marcara um encontro para o dia seguinte com o rapaz inglês que conhecera na festa da cobertura em agosto. Quando Natan recusou o meu convite para o concerto de jazz, havia enviado um email a Stewart.

— Não sei se vou ao concerto — ele respondera. — Mas que tal ouvir Chick Corea no meu apê, com uma cerveja, domingo à tarde? No final da mensagem, estava uma daquelas carinhas de sorriso.

Devo ser a única pessoa no mundo que, sem virar a cabeça para o lado, demorou três anos para decifrar aqueles símbolos sorridentes.

Caminhando até o apartamento de Stewart, na chuva, ainda tentava decodificar o convite. Ele tentava me seduzir? Dissera que eu era *hot*, para a amiga da minha amiga. E, que eu soubesse, mais ninguém fora convidado para ouvir jazz na casa dele.

Fiz o que qualquer cinquentona — gringa e sensata — faria no Rio de Janeiro: comprei um pacote de camisinhas.

Numa padaria, comprei também um saquinho de salgadinhos. Cheguei sem fôlego e trêmula. Fiquei espantada com a coleção de sapatos do Stewart, enfileirada junto da porta, e quase entreguei o pacote de camisinhas na mão dele em vez dos salgadinhos.

— Está bonita — disse, me beijando em cada face, enquanto me ajudava a despir a capa de chuva. Os brasileiros não expõem os sapatos enfileirados junto da porta. Na verdade, eles nem usam capa de chuva. O otimismo inato os inibe de tal coisa.

— Obrigada.

Sentamos no sofá.

O *laptop* dele estava aberto na mesa de centro, com uma pauta de música na tela.

— Escolhi uma canção para tocar no casamento de uma amiga, na Inglaterra — falou. — É uma música engraçada e ela vai gostar muito. Todos os meus amigos estão se casando, tendo filhos. Mas... as mulheres que acabo conhecendo... têm questões mal resolvidas. — Parou para respirar.

— E você? — perguntou.

— Hoje, estava pensando que, na sua idade... Quantos anos você tem, mesmo?

— Trinta e três.

Vinte anos de diferença.

Duas décadas.

Quando ele nasceu, eu já havia terminado a faculdade. Deus.

Por que os homens mais velhos não fazem esse tipo de cálculo quando saem com mulheres mais novas? Talvez façam, e isso lhes dê mais ânimo. Comigo não era o caso.

— Estava pensando — continuei, horrorizada — que, na sua idade, todo mundo sai de noite. Todo mundo sai para conhecer gente. Mas, na minha idade, você já criou um estilo de vida, tem outras coisas para fazer, entende?

— Quase não saio — ele disse.

— Você devia!

Guardara a esperança de que ele tivesse trinta e sete anos. Seriam quase quarenta — e eu aparentava quarenta e sete, no máximo. Não esqueçamos também que o mágico fizera o meu relógio andar para trás.

Naquele momento, Stewart se lembrou da cerveja. Garrafas, sem copos. Assim, eu não podia dar uma de mulher refinada. No aparelho de som, tocava música que não era jazz.

À luz do dia, Stewart era alto, magro, de olho azul — e tinha um sorriso de malandro. Por que fiz aquela maldita pergunta?

Todo o exercício de imaginação que dedicara a Natan era desnecessário com Stewart. O potencial de vida se estendia pela frente do rapaz de maneira encantadora, plenamente visível naquele corpo, na carne lisa e firme.

— Ainda está surfando? — perguntei. — Quem foi mesmo que fez aquela imitação, fingindo que perdia a lente de contato? Bebi muito aquela noite. Não consigo lembrar.

— Tem três meses que a gente não surfa. Eu fiz a imitação.

Contei que corria e que acabara de entrar num clube de corrida:

— A melhor parte de ter começado tarde — terminei, aliviada por ter conseguido mudar de assunto — é que ainda não estraguei os joelhos.

— Tenho o corpo de um velho — ele disse. — Sofro de artrose.

Estaria Stewart, de uma forma gentil, e no entanto perversa, tentando encurtar a diferença de idade? Pensei no meu pescoço, com a pele fina como se fosse papel de antigamente, no qual se escreviam cartas para enviar por correio aéreo. Meu pescoço de pele fina não seria um argumento para suscitar interesse; quem iria se convencer?

Ao contrário do que acontecia com os homens mais velhos, eu não precisava imaginar a juventude do Stewart — ele era, de fato, jovem. Mas, para ser sincera, eu era totalmente incapaz de imaginar um beijo entre nós.

Namorar aquele rapaz inglês seria ecologicamente incorreto: eu estaria roubando um jovem da população reprodutora.

Em todo caso, ele não estava me agarrando. Mastiguei um salgadinho. E mais um.

— Até que ponto a recessão mundial afeta os negócios da sua empresa? — perguntei, lambendo o sal dos dedos.

Lutando para constituir o meu harém com competência, ignorava, como a maioria das pessoas no Rio de Janeiro em 2008, que estávamos começando uma nova era. E as notícias eram boas.

Em 2006, Sérgio Cabral foi eleito governador. No início, o seu executivo era de mera continuidade: incursões da polícia em favelas de uma hora para a outra, com muitos tiros e mortes de civis e policiais.

Os cariocas continuavam a construir muros cada vez mais altos, como faziam desde os anos 1980, governados por uma série de populistas eleitos após o fim da ditadura, protagonistas de negociatas questionáveis. Desde a posse de Sérgio Cabral, porém, em janeiro de 2007, uma equipe tramava silenciosamente uma nova política estadual de segurança pública, enquanto o recém-eleito governador se alinhava com o presidente Lula, vencedor, pela segunda vez, nas urnas presidenciais de 2006.

No fim de outubro de 2008, ao vencer Gabeira nas eleições municipais, Eduardo Paes surpreendeu grande parte dos meus amigos. Os intelectuais do Rio não gostavam de Paes; para eles, tratava-se de um trambiqueiro que aprendera a política ao lado do prefeito anterior, o inventor do factoide. Em contraste, Gabeira era um ex-guerrilheiro, ambientalista, um homem de ideais.

Natan tinha outro ponto de vista.

"As primeiras palavras de Gabeira, depois de perder, foram 'Agora posso voltar a usar bermuda e chinelos'", o contador me lembrou num email, mesmo depois da minha recusa à sua proposta indecente. Pensei nas memórias de Gabeira, dos seus dias de luta, o remorso de ter passado um longo período, nos anos 1960, sem ler livros, na clandestinidade.

Era um tanto chocante cogitar que a preguiça contaminava os políticos, ou seja, ouvir a tese de que os esquerdistas, famosos por algumas atividades complicadas, como assaltos a bancos, sequestros, manifestações, bombas e mobilização popular, eram, de fato preguiçosos. Talvez a resistência e a dissidência se movam a partir de emoções fortes, algo muito comum entre esquerdistas. E talvez o dia a dia exija uma chama menos intensa embora mais constante.

Naquele tempo, o sr. Bush Filho também calçava os chinelos, como Gabeira, e preparava-se para sair da Casa Branca.

Assisti aos resultados iniciais das eleições norte-americanas entre amigos, comendo pizza, mas saí antes do final porque trabalhava cedo no dia seguinte. Ao chegar em casa, despreocupada, fui dormir.

De manhã, tomei um susto quando soube que todos os meus colegas de trabalho haviam ficado em frente à TV para lá das duas da madrugada.

Eu era uma gringa má, alienada mesmo.

E Martin era um mau namorado; naquele momento histórico — o primeiro presidente negro dos EUA — não me telefonou, e a gringa má tampouco ligou para ele. O conselho da Rose para não ir atrás dos predadores machos ainda estava na minha cabeça.

A essa altura, já virara uma rotina: se não estivesse saindo com alguém (esse era quase sempre o caso), tinha que ter pelo menos algum homem na cabeça. De outra forma, não dormia.

Quando tinha um homem na cabeça, tampouco dormia.

Tomava muito Tylenol PM, um sonífero americano que se compra sem receita.

Ainda alienada, dediquei grande parte do mês de novembro a pensar em Stewart, com grande ambivalência. "Se fosse, se pudesse", ruminava, e desse jeito perdi a notícia no fim daquele mês: a Polícia Militar ocupara a favela Santa Marta, em Botafogo. A PM do Rio estava prestes a criar algo que seria chamado de Unidade de Polícia Pacificadora ou UPP.

Fazer o papel de presa valeu a pena. Em dezembro, quando o meu chefe anunciou que eu iria novamente à Feira do Livro de Londres, em abril, Martin me convidou para visitá-lo nos EUA.

Também tive notícias do Chico, a minha paixonite revolucionária. Perguntou-me se eu queria jantar na sua casa, juntamente com um professor norte-americano e mais alguns amigos. Gostei de ser convidada para um jantar. Desde o fim do meu casamento, recebera poucos convites; as solteiras sobram.

Stewart me chamou para ver a inauguração da árvore de Natal que flutuava na Lagoa.

Como a cidade, talvez eu também estivesse experimentando o início de uma nova era, um momento em que o harém se tornasse, enfim, uma realidade.

Stewart poderia ser o rapaz da transa; Martin, o cara da conversa boa; e Chico, o companheiro para ir ao cinema. Não, talvez Stewart fosse o cara para ir ao cinema; Martin o cara para transar; e Chico o bom conversador. Mas, e se o Chico fosse um amante incrível?

Que confusão! Imaginava o embaixador me dizendo que não dava para contar com um parceiro de transa que mora a oito mil quilômetros de distância. Talvez precisasse de mais um parceiro. Ou, quem sabe, seguindo os conselhos da minha ginecologista, fazer as malas e pegar o primeiro avião para a França.

Em todo caso, não teria que me preocupar com o pescoço de pele fina. Sim, estouraram fogos de artifício quando me encontrei de novo com Stewart, mas eram os fogos que inauguravam a gigante árvore de Natal na Lagoa, a uma grande distância, acima das cabeças da multidão, debaixo de uma chuva leve. Stewart estava exausto e deprimido pelo cargo estafante que exercia na empresa onde trabalhava.

A caminho do jantar do Chico, mais um motorista de táxi me contou a história da vida dele; ainda falava das suas aventuras e desventuras quando eu paguei e desci do carro.

— Julia! — gritou Chico da porta de casa, interrompendo, me salvando. Queria tanto ser salva.

Éramos um grupo pequeno: dois colegas do Chico, uma economista e o professor estrangeiro. Todo mundo sentava na sala num único grupo. Chico me serviu uma taça generosa de vinho tinto e sentou ao meu lado no sofá enorme e fofo. Falamos, em inglês, da eleição do Obama e de como a crise econômica poderia afetar o Brasil.

Tropeçando numa palavra, Chico disse que precisava treinar o inglês e olhou para mim.

Ninguém mencionou as histórias de assaltos que tradicionalmente se contavam em jantares nas grandes cidades brasileiras. O perigo diminuía.

O professor americano estava felicíssimo: um ex-traficante o levara a uma favela. O brasileiro havia saído do mundo do crime com a ajuda de uma ONG, o Afrorregae, que preenchera o espaço abandonado por um governo ausente durante décadas. Através da dança e da música, a ONG animava os jovens da favela, aumentando a sua autoestima.

Todos sentiram a necessidade de explicar ao estrangeiro a peculiaridade do que ele havia visto e feito naquele dia.

— Você não pode simplesmente entrar em qualquer favela — disse um dos arquitetos que trabalhava com Chico. — Você tem que entrar com alguém que conhece todo mundo e que os moradores conheçam também, um sujeito de confiança.

— É — acrescentei. — Faz tempo que é assim. Quando trabalhava como jornalista, em São Paulo, nos anos 1980, entrava sempre com um padre. Todos eram adeptos da teologia da libertação. O descaso pelos pobres era geral. Em Cubatão, uma cidade no estado de São Paulo repleta de chaminés da indústria pesada, nasciam bebês sem cérebro.

— Todo mundo tem sido tão aberto e tão gentil — disse o professor. — É impressionante.

Houve uma pausa, durante a qual fizemos algumas reflexões sobre a gentileza no Rio de Janeiro. Havia pouco tempo, alguns torcedores de futebol, saindo de carro após um jogo, haviam sido fuzilados por terem entrado acidentalmente numa favela.

Bebi um pouco de vinho e então falou o arquiteto.

— No Brasil, é preciso contar com os outros, não dá para confiar no governo quando precisamos de ajuda com as tarefas da vida diária.

Era verdade.

— Mas não se trata de um harém — eu deixei escapar, sem me dar conta de estar confundindo os temas. Na minha cabeça, eles se tocavam. Porque se uma mulher solteira precisava de mais do que um homem, um brasileiro precisava de uma coleção de pessoas para levar a vida adiante.

Todos me olharam. Mordi o lábio, bravamente segurando a superdimensionada taça de vinho no colo e entre as mãos.

Ninguém falou.

— É que saí com um cara que queria ter um harém. Só isso — disse, ficando vermelha. — Estava pensando que... — Depois dessa intervenção, julguei que nunca mais iria ganhar um convite do Chico.

— Odaliscas — Chico disse, com uma risada curta, me salvando cortesmente do embaraço. — No Brasil somos todos odaliscas num harém. Dançando conforme a música.

A economista falou:

— Não é apenas uma questão utilitária. Os relacionamentos entre os brasileiros são formados por verdadeiras emoções. Não dá para separar a necessidade dos sentimentos que as pessoas têm umas pelas outras.

— Vai ser interessante ver como tudo vai ficar no dia em que o governo ocupar o devido espaço — comentou o arquiteto.

— Quando as pessoas já não precisarem umas das outras, como precisam agora? — perguntou a economista.

— É um mecanismo de sobrevivência — eu disse, ficando mais ereta, o rubor desaparecendo aos poucos do meu rosto. — Mas se o Brasil quer progredir, algum dia as pessoas terão de deixar de se preocupar com sua rede de conhecimentos e dedicar o seu tempo apenas àquilo que realmente importa.

Menos malícia, mais eficácia.

— As coisas estão mudando — Chico falou, levantando-se com a garrafa de vinho na mão para servir os convidados. — Devagar, mas estão mudando. O Judiciário e o Congresso se tornam mais responsáveis, mais transparentes. A imprensa começa a fazer o papel dela. Temos tido muitos escândalos de corrupção revelados nos jornais. E os brasileiros, cansados do crime, filmam os bandidos em flagrante.

— Então — perguntou o professor, estendendo a taça para que Chico a enchesse —, o Brasil se tornará um lugar menos caloroso, porém mais justo?

— A internet, os celulares e as câmeras de vídeo ajudam muito — disse, endireitando-me no sofá deliciosamente confortável. — As pessoas fazem denúncias. Mas o Brasil é um país na adolescência, passando por uma fase confusa, com muito vai e vem. — Sorri para o professor. — Daqui a uma década, você vai poder voltar e encontrar ainda um povo mais amigável e hospitaleiro do que em muitos outros lugares.

Que diferença... Na minha vida anterior, conseguia, de vez em quando, achar uma mulher, num jantar com amigos, com a qual pudesse comentar o mundo. E, com menos frequência ainda, invadia uma roda masculina — zelosa do escrutínio das esposas — para então descobrir que conversavam, não de negócios, ou de política, mas da novela.

— A noção do bem comum já começa a ocupar algum espaço no debate — disse o arquiteto. — Antigamente, as pessoas esperavam que os amigos e parentes fossem ajudá-los uma vez que estivessem no poder. Ainda esperam. Mas a aceitação geral desse tipo de favor está em declínio. O Brasil cavalga dois animais diferentes ao mesmo tempo.

"Ocupar algum espaço". Ouvindo, tomei o meu vinho e senti uma inércia gostosa no sofá do Chico, a esperança que essa noite não acabasse jamais. Enquanto vivera aquela outra vida de casada, noites como essa aconteciam o tempo todo.

Poderia ser que o Rio de Janeiro e eu tivéssemos em comum a realização tardia de um potencial?

— Nosso novo prefeito — disse Chico — faz parte de uma raça emergente de políticos híbridos, que estabelecem acordos ao estilo antigo enquanto elaboram políticas menos retrógradas do que anteriormente.

Havia comida de restaurante para o jantar; Chico precisava de uma mulher rapidamente.

Jim chegava para o Réveillon e, dessa vez, caso me perguntasse o que eu queria, teria uma resposta: um harém com apenas uma pessoa, ou seja, harém nenhum.

O meu filho mais novo ia se formar no Ensino Médio, uma ocasião que teria que compartilhar com o meu ex e a mãe dele. O evento tinha a ver com o nosso filho, não conosco, dizia para mim mesma.

Não foi preciso esforço. Sentada num banco, nos fundos do local da formatura, ao lado do meu ex, senti orgulho e prazer profundo ao ver nosso filho receber o diploma.

A minha ex-sogra, com quem não estava havia três anos, foi cordial, fazendo aquela rápida avaliação típica das brasileiras, meio que piscando os olhos, para saber o que eu fizera no rosto. No meu caso, não fora muito mais do que maquiagem e uma vida nova. Eu não era capaz de fazer uma avaliação tão direta das outras mulheres. Ainda assim, deu para perceber que ela tinha envelhecido uns três anos.

Humberto, o cara da academia, estivera fora de ação durante meses. Reapareceu um sábado. Apoiado no banco da recepção, inscrevia-se novamente para andar de bicicleta ergométrica e ler *O Globo*.

— Como você tem estado? — perguntou, queixo no punho, aliança no dedo apropriado.

Não saltei sete ondas no Réveillon, na praia de Copacabana. Mas troquei emails calorosos com Martin para então me vestir de branco e acompanhar Jim a uma festa, numa cobertura de Ipanema. Comemos *sushi* e tomamos caipirinhas e observamos um exército de pessoas vestidas de branco, indo a pé para Copacabana, fazendo parte de uma multidão de dois milhões que iria assistir aos fogos da meia-noite. Carregavam palmas para jogar à deusa do mar, Iemanjá. Conversando no terraço, nos viramos para a direita, onde acontecia o espetáculo de fogos de artifício dos traficantes de droga da favela do Vidigal, bem ao lado do Leblon.

Lá pelas três da manhã, Jim me levou para casa, as ruas ainda cheias de gente, e se mandou para uma festa só para homens.

A GRINGA MUITO MÁ

A minha amiga, Mette, pensava que eu tinha uma vida devassa de solteira. Eu insistia que não, que passava demasiado tempo em casa.

O meu filho viajava muito. Strudel tinha um vocabulário gigantesco porque eu falava com ele sem parar. Por isso, quando tocou o telefone no primeiro dia de janeiro — um dia de muita chuva — e ouvi a voz do corretor, fiquei feliz. Trocamos saudações de começo de ano e algumas notícias: a mulher e os filhos dele estavam viajando.

— Posso te levar para jantar?

Fazia um ano e meio que não o via. Havia seis meses desde a última vez que estivera com um homem. No dia do Ano Novo, poderia ser legal falar com um ser humano.

Moisés teria que aguentar a minha peludice. Depois de me raspar toda e passar por vários ciclos de depilação, concluíra que, se a fase de crescimento dos pelos incomodava tanto, Deus queria, definitivamente, que tivéssemos pelos lá em baixo.

Pensei que Moisés fosse subir até o apartamento, como um ser sociável, antes de sairmos para jantar. Mas ele ligou novamente, pedindo que eu descesse. Quando entrei no carro, perguntou se podíamos passar na casa dele.

— Queria tomar um banho, peguei muita chuva — disse.

Não olhei para ver se a roupa dele estava molhada, mas conservei uma lasquinha de sensatez:

— Não seria perigoso eu ir até o seu apartamento?

Fez um sorriso de patife:

— O proibido é sempre tão interessante.

Subindo no elevador, Moisés não atacou: câmeras.

Já no apartamento, ele me beijou de maneira selvagem e ligou o som, músicas dos anos 1970. Me levou até a varanda e me fez sentar junto dele, para que pudesse apalpar diferentes partes de meu corpo. Moisés curtia todas elas. Gostava de apertar. E de mexer em orifícios diversos.

Depois de um tempo, levantamos, para voltar à sala, iniciando, no sofá, uma primeira rodada.

— Quer tomar alguma coisa?

Apontei uma garrafa na prateleira do lado da televisão:

— Um Jack Daniels.

— Somos dois mentirosos — disse ele, me passando um copo. — Te convidei para jantar, e você aceitou.

Verdade. E também era verdade que jurara nunca mais ver o corretor casado, nem participar das brincadeiras dele. Sabia que o mistério apregoado pela Rose era algo mais sutil do que aceitar um elegante convite para jantar e, logo em seguida, dar uma de tigresa na sala da esposa ausente.

Havia um motivo pelo qual não vira o corretor por um ano e meio, uma razão que preferia esquecer. Em setembro de 2007, um mês após voltar da minha primeira visita de verão ao Martin, Moisés telefonara.

Havia sido tão gostoso fazer amor com Martin que queria mais. Pensava naquele vai e vem enigmático entre o animal e o elegante, e calculava que pudesse continuar a aprender. Considerava que uma mulher não podia ser plenamente elegante se não tivesse a experiência de ser plenamente animal.

Dessa vez, Moisés me levara num motel. E ele tinha sido animal, animal demais. A minha elegância, tal como era, foi devastada, jogada no lixo. Senti vergonha e tristeza; o sexo foi diferente daquilo que experimentara antes, tão brutal... Depois, sempre que Moisés ligava, eu dizia que resolvera ser fiel ao Martin. E fui.

Meses mais tarde, na sua casa, no primeiro dia do ano, e com a sua família ausente, Moisés pediu *sushi*, me levou de volta à varanda, me fez sentar ao lado dele no sofá e acendeu um baseado. Eu sorvia o meu Jack Daniels.

— Deixei de fumar, mas ainda fumo um baseado por dia — confessou, passando-o para mim. — Quero parar com isso, também. O meu novo vício é a corrida. Recomendo correr na areia fofa, é a melhor coisa. Em termos de impacto e exercício. Muito bom para os pés. A areia fofa, um pouco molhada, entre a água e a areia seca.

O rosto de Moisés estava mais fino do que quando o conhecera, a barriga quase não se via, as pernas e os braços intumescidos de músculo. Ainda não tomara banho e tinha a barba por fazer. No seu exotismo semítico, aquele visual me atraía.

Me sentia redimida. Pensei que esse encontro restaurava alguma coisa que perdera na última vez que estivéramos juntos, no motel.

— Tá gatíssimo — falei. Dei uma tragada, a primeira em anos. Apesar da minha duradoura obsessão por revolucionários, passara os anos 1970 de maneira bastante careta. E os anos 1980 — e mais os anos 1990.

— Não é maconha, sabe — falou Moisés. — É meu jeito de não apoiar os traficantes do morro. Vem de Amsterdã, e se chama *skunk*, é bagulho bem forte.

Desde o lançamento do primeiro filme *Tropa de elite*, em 2007, se espalhou a mensagem de que os consumidores de droga, das classes altas, no Brasil, eram responsáveis pela existência dos traficantes e pela violência urbana. Os cariocas procuravam algum jeito de fumar maconha sem se sentirem culpados.

Ainda bem que Moisés me advertiu. Comecei a perder a capacidade para falar português e, ao mesmo tempo, tinha vontade de falar ainda mais do que costumava conversar com Strudel. Já que Moisés não era bilíngue, a noite podia ficar complicada.

— Acho que você poderia me dar alguns conselhos sobre os homens — disse.

Sentado numa cadeira, na minha frente, Moisés fez que sim com a cabeça, sorrindo.

— É que, tipo, por que os homens não... Tipo, quando tem um cara que você é totalmente perfeita pra ele, sabe, e você já mostrou isso pra ele, e ele não, sabe, não quer ficar com você...

Não se falava de outros homens com Moisés. Mais ainda quando a eloquência era sabotada por uma poderosa erva holandesa.

Ele não levou a Chapeuzinho Vermelho à toca a fim de ouvir histórias sobre outros homens. E Moisés podia ter umas ideias bem lupinas sobre o que ainda queria fazer com os meus apêndices e orifícios. Já me pegara pelo cabelo e puxara a minha cabeça para trás; já me dera um tapa no rosto. Eu já tinha falado "Ai", e "Cuidado, isso dói"; ele parou.

É só brincadeira, pensei, não vai me machucar de verdade, sobretudo porque ele é um corretor bem conhecido e não vai querer perder os clientes. Foi isso que disse a mim mesma.

E preciso confessar que eu meio que gostava de tudo aquilo. Moisés era um imprevisto gigantesco e, depois de tudo que eu já passara, tinha um desejo, perverso e masculino, de me provar uma sobrevivente.

— Fique tranquila — disse Moisés, em resposta à minha pergunta.

Fique tranquila, não se preocupe.

Mesmo que não tivesse fumado *skunk*, iria achar hilária a resposta dele. Queria que houvesse um jeito de dizer em português a expressão "*Bet you say that to all the girls*", ou seja, aposto que você diz isso a todas as meninas.

— Dá tempo ao tempo — acrescentou ele.

A mãe de Moisés, que, havia um ano, comera os meus chocolates, devia dizer isso para ele o tempo todo.

No dia após ter visitado o apartamento do Moisés, levantei cedo e fui correr na Lagoa. As rajadas de vento haviam atraído alguns *windsurfistas* às águas poluídas, pipocadas de branco. Via corredores, ciclistas e gente caminhando, mas Moisés, o corretor casado, não estava entre eles.

Sabia que não estaria lá. Na noite anterior, dissera que tinha que trabalhar. Sobre isso, falava a verdade.

Ao correr, naquela manhã, no vento, com as fragatas lá no alto, pensei no que Moisés dissera sobre ambos sermos mentirosos. Pensei também sobre o fato de, numa primeira versão deste livro, ter suprimido o episódio passado no motel.

Era de manhã cedo, mas fazia calor em janeiro de 2009, quando corri pela Lagoa. O Cristo estava envolto pelo mormaço. Fazia tanto calor que tive que parar de correr e fui comprar um coco para me hidratar.

O vendedor, um careca barrigudo, me entregou o coco e um canudo. Procurei a abertura de sempre, feita com um facão.

— Tem um furo, aí na lateral — ele apontou. — É um pouco gay, eu sei, mas a polícia falou que não podemos mais usar o facão.

Dei uma risada e ele também. Coloquei o canudo no buraquinho.

— Dizem que é perigoso demais, que pode contribuir para a violência. — Indicou um isopor, em cima do carrinho de coco. — Mas eu tenho uma faca, escondida ali. Tem gente que quer comer o coco, como vou abrir sem uma faca? — Deu outra risada e eu tomei a minha água de coco. — Daqui a pouco eles esquecem — previu. — Aconteceu a mesma coisa com os pitbulls. De repente, tinham que usar focinheira. Agora...

Era sempre a mesma história. A polícia, os bandidos, os maconheiros, o vendedor de coco, os donos de cachorro, a mulher que transou com um cara durão porque queria se sentir objeto de alguém, qualquer um. Mentíamos para nós mesmos, todos corruptos — e nada disso iria mudar.

Sorvi ruidosamente o fim da água de coco, fazendo que sim com a cabeça, encolhendo os ombros.

Tinha de entrar nos eixos. Algumas partes do meu corpo estavam doloridas. Uma amiga solteira estava na cidade e queria sair para dançar.

Não fomos à Melt. Ela e a amiga procuravam samba, então, o destino tinha que ser o Rio Scenarium, o lugar onde o meu corpo me enviou uma mensagem clara.

Sentada num sofá no mezanino, senti náuseas logo no começo da noite. Mesmo assim, tomei uma caipirinha, bem devagar, junto com um pouco de caldo de feijão, servido num copo alto, com pedacinhos de alho frito e salsinha flutuando na superfície. A minha amiga falou do seu novo namorado e eu me vangloriei da noite com Moisés.

Mette acertara na mosca: estava vivendo a fase pós-divórcio além de qualquer limite.

Apesar disso, estávamos sentadas longe da pista de dança e a música não era inspiração suficiente para que eu descesse à procura de mais um Vargas.

De repente, estava vomitando pelo nariz no banheiro. Depois, estava dançando e sentindo calor. Acabei na rua, onde, na calçada, perdi o pouco que restava para perder. Os seguranças na porta me olharam fixamente.

— Juro por Deus que não tomei mais de uma caipirinha — disse, endireitando-me.

A febre veio à noite e permaneceu todo o dia seguinte, um domingo. Strudel deitava junto comigo, levantando apenas quando eu ia ao banheiro, lugar que, por 24 horas, foi o meu principal destino. Passei mal, de todas as maneiras possíveis, tremendo e suando, fraca, sozinha — o meu filho mais novo visitava os irmãos, em Nova York. Bebi água, dormi, acordei, me arrastei até o banheiro, suei e tremi mais um pouco. Mudei de camisola, consegui trocar a roupa de cama e voltei a me deitar. Strudel fazia a vigilância.

Segunda-feira, ainda mal das pernas, fiquei em casa, lendo. Parte da leitura foram anúncios classificados para apartamentos. Fizera uma resolução de Ano Novo que iria comprar um.

Telefonei para o Moisés, perguntando-lhe como estava o mercado imobiliário, já que a crise econômica mundial alcançava as fronteiras do Brasil.

Era mercado de comprador, disse, mas muitos proprietários tiravam os apartamentos do mercado.

— Ah — falei, quando a conversa chegava ao fim. — E, me diga, você está se sentindo bem? Passei mal, muito mal, no fim de semana. Não sei se foi o *sushi*.

Ele estava bem.

VADE RETRO

Amigos brasileiros me convidaram para assistir à tomada de posse de Barack Obama. Nunca assistira a uma posse — que, aliás, em inglês, se chama de *inauguration*, ou seja, "inauguração". O vocabulário diz muito sobre como os dois povos pensam o poder.

Era um dia escaldante e, por coincidência, a posse caía no feriado que comemora o padroeiro do Rio de Janeiro, São Sebastião. De Ipanema, caminhei alguns quarteirões, em baixo do sol torturador, sempre de olho nos potenciais assaltantes, até chegar numa casa no Leblon. Estava de short, regata, óculos de sol, sandálias e um panamá bacana, aquele que furtara do meu filho.

No alívio do ar condicionado, umas quinze pessoas comiam batatinha e amendoim, tomando cerveja.

Choramos pelo significado da ocasião e, logo que a cerimônia acabou, almoçamos salada de batata, cachorros quentes e *crumble* de maçã com sorvete de baunilha. Claro que aquela refeição não era pelo bem geral, mas, influenciados pelo discurso do novo presidente, Barack Obama, de alguma forma, tivemos a sensação que o mundo iria melhorar.

Uma americana, escritora e fotógrafa, criada no Brasil, falou que havia acabado de se mudar de volta para o Rio, a fim de "ser feliz". Fez perguntas sobre o mercado editorial. Um executivo da ONU, recém aposentado, ruminava em voz alta sobre como poderia contribuir para o bem da cidade. Uma norte-americana, casada com um brasileiro, nos contou sobre como viajara para os EUA apenas para trabalhar na campanha do Obama. Todos pareciam estar no início de alguma coisa importante.

Quando fui embora, o calor já havia trazido uma chuva fina. De chapéu panamá, fui para casa a pé, apesar da chuva, pensando no meu ex e como ele, possivelmente, não tinha consciência alguma do quanto a sua partida acabara com a minha autoestima. Eu não sabia, com exatidão, porque ele decidira terminar o casamento — provavelmente, porque fora testemunha das minhas mudanças enquanto mulher, e esse meu jeito de mudar não lhe agradava mais.

Talvez ele pensasse que, após a separação, eu seguira alegremente com a minha vida como se nada tivesse acontecido.

A casa que acabara de deixar, depois do discurso do Obama, era de um casal carinhoso, inteligente e culto, que me conhecia dos meus dias de casada e com o qual, nos últimos anos, estivera poucas vezes. Chegara a pensar que não tinha atributos próprios, suficientes, para merecer a companhia deles.

Passara muito tempo falando com o meu cachorro, o que não era nada mau — mas chegara a hora de expandir a gama de interlocutores.

Daquele dia em diante, consegui pensar algumas vezes em mim mesma como um ente que apenas existe, que está ali, como qualquer coisa que pode ser descoberta de repente: um chapéu, um prato de milho verde, um bom livro. Se alguém sentisse uma afinidade por mim, poderia se aproximar e, quem sabe, estabelecer uma conexão. Eu faria o mesmo. Um chapéu deve ser usado, um amigo deve ser desfrutado, o cangote deve ser cheirado. Talvez Strudel me tivesse ensinado alguma coisa sobre isso: cheirava outras bundas para decidir se gostava de um cachorro. No caso dos humanos, cheirava os pés. "Onde você esteve e o que andou fazendo?", parecia perguntar o seu narigão inquisitivo.

Apesar do calor, continuei a malhar e a correr. Chegou o carnaval — e estava sozinha mais uma vez. Tinha apenas um filho em casa, que foi passar o feriadão fora com o meu ex e sua nova família.

Não choveu e não fiquei doente — e não beijei um monte de estranhos, mesmo que houvesse hordas de homens pela rua. Estávamos no meio da crise econômica global e milhares de pessoas pareciam ter chegado à conclusão de que o Rio de Janeiro era um lugar barato e divertido para se passar o carnaval. Debaixo do sol e da lua, todos se encontravam em Ipanema.

Comprei um cocar de penas multicolorido e, para os nossos passeios, amarrava-o no pescoço do Strudel. Evitava a praia: cheia demais, suja demais. Na segunda-feira de carnaval, Sylvia e Germano me convidaram para um almoço com uma visitante norte-americana. Depois, nós, mulheres, andamos até a avenida Vieira Souto e entramos na multidão. Havia um bloco de homens usando perucas pretas Chanel, roupas de bailarina, cor de rosa e verde, e sombrinhas, com borboletas enormes no topo. Enquanto eles corriam para cá e para lá, de meias brancas até o joelho e sapatinhos pretos, as asas das borboletas batiam.

E, de fato, os foliões se beijavam freneticamente. Eram todos jovens, estavam todos bêbados.

Com cinco dias de folga de carnaval, tinha tempo para explorar o Facebook, procurando antigos colegas de escola. Um deles era Roberto, o equatoriano, que se mostrou feliz quando o contatei. Passada já a fase de esconder revolucionários na casa dos pais, ele trabalhava na ONU, na área de desenvolvimento. Trocamos alguns emails animados.

Apesar do trabalho dele me parecer bastante burocrático, me lembrei da vontade de ficar ao lado de um herói. O que faz o Robin, quando o Batman sai de férias? E miss Moneypenny sem James Bond? Tinha sido nesse dilema que o meu divórcio me deixara.

Na terça-feira de carnaval, a fotógrafa e escritora norte-americana, que acabara de se mudar para o Rio, me chamou para ver mais um bloco.

— Chama-se Vade Retro —, falou, ao telefone, lembrando-me que a frase em latim, *Vade Retro, Satanas*, ou vá para trás, Satanás, é uma fórmula de exorcismo. — São todos artistas — completou. — Andam para trás!

Inspirada por uma matéria de jornal sobre como criar uma fantasia do nada, vesti a parte de cima de um biquíni vermelho, tornei um vestido numa saia, amarrei um lenço colorido na cabeça, coloquei umas bolonas vermelhas no lugar dos brincos e fui para a avenida, onde encontrei minha amiga. Havia outro bloco, que caminhava para a frente. Seguimos a multidão, até chegar no Azul Marinho, um restaurante com mesas em frente ao mar, onde sentamos para conversar e tomar uma caipirinha renovadora. Depois de um tempo, passou o verdadeiro Vade Retro, que reconhecemos num instante. Ou era o único bloco de abstêmios ou então os artistas bêbados, que andavam para trás, eram muito ágeis.

Na volta para casa, a avenida que ladeia o mar estava fechada ao trânsito de automóveis. Mas, mesmo assim, uma multidão densa e espremida, juntamente com carrinhos de bebidas e lanches, tornava impossível colocar um pé na frente do outro. Os foliões subiam nos canteiros, amassando plantas e flores. Com medo, cercada de bêbados, optei por uma rua que saía da avenida.

Para chegar até ela teria sido útil usar um facão, pois o ambiente era de floresta tropical, só que no lugar de árvores, havia centenas de homossexuais suados, dançando. Naquela rua, o centro da comunidade gay, parecia que acabara de chover.

Não, era mijo. Tentando evitar as poças nojentas, avancei rapidamente e, em casa, fui direto para o chuveiro.

Na praça dos cachorros, todo mundo reclamava das multidões carnavalescas, do barulho e da urina. De acordo com o jornal, os homens não urinavam dentro dos banheiros químicos que a prefeitura instalara, mas davam a volta e se aliviavam nos fundos. Talvez os cariocas que fugiam para estações de esqui e praias desertas estivessem certos.

Depois do carnaval, certo sábado de manhã, quando estava na praça com Strudel, o meu celular tocou. Era o corretor; não atendi. Em vez disso, observava o meu cachorro farejando e correndo, ao escutar as histórias de uma amiga que acabara de voltar de uma viagem ao Marrocos.

No fim de semana seguinte, o aposentado da ONU me convidou para um almoço. Naquela manhã fui ao cabeleireiro e mandei cortar o cabelo que escondia parte do meu rosto. Depois, me olhei no espelho: o penteado, com um toque moderninho, tinha uma franja, que ficava um pouco em pé. Combinava com a nova ideia que tinha de mim mesma.

De cabelo cortado, escolhi um vestido branco, comprei uma caixa de chocolates e tomei um táxi para Copacabana. O apartamento do nosso anfitrião, com vista da praia, era decorado com lembranças singulares de suas estadias no Leste Europeu e na Etiópia.

Consegui ficar parada no sofá, sem pensar no segundo, minuto ou hora seguinte. Tive uma longa e envolvente conversa com um fotógrafo intenso: debatemos se era melhor uma sociedade aristocrática ou uma sociedade democrática.

Ele acreditava na hierarquia.

— Mas seus antepassados eram imigrantes pobres, você acabou de me contar isso — assinalei. — E você mesmo subiu na vida.

Ele falou que eu estava certa e que deveria ler Nietzsche.

Disse que sim, e levantamos para nos servir de moqueca.

Por que eu tinha essa queda por revolucionários? Por que, em vez de sair à rua, para inverter o estado das coisas, editava livros?

Na formatura do meu filho, a minha ex-sogra não falara nada depreciativo (como costumava fazer), mas o meu rosto, de fato, precisava de uma ajudazinha. Havia uma ruga logo abaixo do meu lábio inferior, resultado de dois anos fazendo beicinho, que eu chamava, em particular, de minha "ruga do divórcio".

O consultório do dermatologista ficava na Barra da Tijuca, longe de casa. É um bairro da Zona Oeste que crescera desde os anos 1970. Para chegar lá, é preciso cruzar túneis e um longo viaduto, que acompanha a costa. Há trinta anos, quando o Baby me deu uma carona no Buggy dele, os túneis eram novos e a Barra tinha apenas alguns edifícios, casas — e muitos motéis. Desde então, a Barra se tornara uma espécie de Miami, mas com um sistema de esgoto inadequado.

Para acomodar o fluxo de trânsito durante a semana, de manhã, revertia-se uma pista da estrada entre a Barra e a Zona Sul.

Algumas semanas antes, um motorista de São Paulo, sem saber da reversão (além de cones, não havia sinalização), colidira com um motoqueiro, mandando-o para as rochas debaixo do viaduto e para uma morte certa.

Naquele dia, seguindo o mesmo caminho que o paulista tomara, tive medo. Dirigira muitas vezes nessa estrada, despreocupada, mas parecia fácil demais, por algum acaso, desviar o carro para fora do viaduto e despencar no mar azul.

Ao passar pelo longo viaduto, tensa, segurei firme o volante. Os pneus se faziam ouvir a cada placa de concreto, produzindo uma espécie de compasso para o ritmo do carro. A pista fez uma curva leve, fluindo para o túnel que levava à Barra. Uma formação em V, de patos, voava longe, marcando o começo do outono. Tanto o céu, como o mar, eram vastos, azuis. Queria manter os olhos na pista, mas o horizonte atraía a minha atenção. Havia ilhas, veleiros, ondas.

Mais adiante, estava a solução para o meu rosto cada dia mais velho. Entrava na parte mais nova do Rio, terra de condomínios fechados e torres de apartamentos, onde cariocas viviam, prisioneiros da violência endêmica da cidade, apertando o nariz contra o fedor do esgoto.

No consultório, o dermatologista preencheu, com Restylane, a "ruga do divórcio" e as dobras que começavam logo abaixo do nariz. Marcamos uma hora para o tratamento a *laser* de umas manchas que acabara de descobrir.

Voltando ao Rio mais velho e tradicional, tomei o caminho do falecido motoqueiro; acabara a hora do *rush* e as pistas funcionavam normalmente. A ardência do Restylane nas bochechas me distraía e não pensei na derradeira trajetória do morto, na acrobacia fatal. Tocavam músicas antigas no rádio do carro. Segurava o volante com bastante firmeza, e, do trecho inferior do viaduto, conseguia espiar o oceano, grande, espraiado entre o Rio e Luanda.

As coisas se ajeitam, mudam mesmo, o tempo todo. Em poucas semanas, estaria novamente com Martin, depois de uma separação de oito meses. Até lá, iria ficar em forma, com corridas de manhã cedo. Primeiro, iria correr em direção às pedras do Arpoador, passando pelos bebuns da noite e os entregadores de cocos. Entre Ipanema e a praia do Diabo, adeptos de *Tai Chi Chuan* estariam saudando o sol. Voltando à ciclovia, iria regressar, de cara para os motoristas a caminho do trabalho, e me sentiria feliz. Logo estaria de banho tomado, vestida e cheirosa, pronta para mais um dia.

E quando não estivesse trabalhando, não iria ficar parada em esquinas, esperando que me fizessem perguntas, nem iria correr de olho nas barrigas saradas de outras pessoas (bem, de vez em quando). Não iria entrar em *sites* de relacionamentos e os frequentadores da Melt poderiam sacudir a bunda sem mim. Também não queria o meu ex.

Se namorasse um jovem não iria encontrar a juventude, nem redescobriria os meus sonhos juvenis saindo com um poderia-ter-sido ou um já-o-foi. Talvez voltasse até a fazer o papel de Chapeuzinho, mas nunca mais iria colocar a cabeça entre as mandíbulas de um lobo.

Enquanto avaliava atentamente as fotos *online* de homens com óculos de sol, os meus próprios guerrilheiros haviam dado volta ao palácio, sem que eu me desse conta, para escalar as muralhas. Depois de estourarem as janelas e portas, tomaram posse. O golpe de estado era um *inside job*, um trabalho interno.

"Não devemos jamais cessar de explorar. No fim da nossa exploração, chegaremos onde primeiro começamos, e conheceremos esse lugar como se fosse, de fato, a primeira vez", escreveu o poeta anglo-americano T. S. Eliot.

Esquecemos, com demasiada frequência, que a palavra revolução carrega em si mesma um círculo perfeito.

AGRADECIMENTOS

Sem o amor, compreensão e apoio de meus filhos, esse livro não teria sido possível.

Agradeço à Alfa, pela casa que ofereceu a este livro e a aposta que tal abrigo constitui. O olhar maduro, além dos anos, de Rebeca Fuks, foi indispensável.

Gostaria de agradecer a Alex Forman, Barbara Costa, Barbara Harrington, Betelhem Makonnen, Juliana Barbassa, Kate Lyra, Lee Weingast, Marilyn Achiron, Misha Glenny, Nubia Rosa, Siri Chateaubriand, Thalya Goldfeld e Quelita Moreno, que leram o manuscrito e me ajudaram com críticas e sugestões úteis, além de me estimular para ir em frente com o projeto.

Abram Eksterman, grande guerrilheiro, cuidou da minha alma. Bianca Hermanny fez a energia fluir da maneira que o universo deixou. Simone Magalhães ouviu meu corpo com esmero e foi uma voz constante de incentivo.

Alex Castro, companheiro na escrita, me apresentou ao ousado e divertido autor Luiz Biajoni, que por sua vez fez a ponte para meu carinhoso editor, Hugo Gonçalves, de um profissionalismo marcante, e de talento ímpar na obstétrica literária — e por quem guardo enorme admiração e gratidão.

Este livro foi composto em Fournier MT corpo 12
e impresso pela Editora Vozes
sobre papel Pólen Soft 80 g/m², em julho de 2013.